Anschluss 1972

Följande berättelse är en politisk fiktion, fantasi, kanske en skröna rent av. Alla eventuella likheter med verkligheten är dock avsiktliga. Jag har till och med vävt in några få namngivna verkliga personer för att låta läsaren reflektera över möjliga förklaringar till varför samhällsutvecklingen efter 1965 blev som den blev.

© 2021 Mats Jangdal
Förlag: BoD – Books on Demand, Stockholm, Sverige
Tryck: BoD – Books on Demand, Norderstedt, Tyskland
ISBN: 978-91-8007-856-6

1

Arne Jansson är sina 67 år till trots fortfarande en res-
lig karl. Skägget är dock grått, nästan vitt och läsglas-
ögonen i snodd om halsen vittnar om att åldrandet gör
sig påmint. Han plockar i sina papper. Det blir en hel
del som samlas på hög och i pärmar när man haft
samma kontor i 40 år. Men nu är det dags att sortera ut
det som ska sparas och det som ska slängas. Förvå-
nansvärt ofta konstaterar Arne att det är väldigt myc-
ket som inte hade behövt sparas alls. Som docent i
statsvetenskap vid Stockholms universitet kan man få
för sig att det är väldigt mycket som är väldigt viktigt.
Så kanske det var, ett kort ögonblick, för studenterna.
Men det är passé, historien väntar inte på någon.

Nu är det i slutskedet av utrymningen, han drar ut
skrivbordslådorna helt och tömmer det sista innehållet
av suddgummin som stelnat, gem i olika storlekar och
pennor som torkat, i en stor svart plastsäck.
När han vänder den understa lådan från den vänstra
hurtsen får han syn på något märkligt. Ett dokument i
en plastficka fasttejpad på undersidan. Nej, inte bara
tejpad, den sitter även med häftklammer. Titeln med
stora bokstäver lyder ANSCHLUSS 1972.

Även den mer finstilta texten är på tyska. Arne tillhör
den minoritet som valde franska som andra främman-
de språk, och sedan spanska. Men lite tyska kan väl

alla svenskar. Numera kan man ju även skriva in valfri text i datorn och få den hjälpligt översatt. I textmassan ser han både Schweden och Deutsche Demokratische Republik nämnt. Arne lägger det i sin portfölj tillsammans med de få föremål som det är särskilt viktigt att få med sig hem direkt.

När han bedömer sig som färdig med urstädningen av kontoret tar han portföljen, catalinajackan och gubbkepsen som döljer den begynnande flinten och går mot utgången. På vägen ut stannar han till hos kollegan Matilda Göransson, 30 år yngre, och säger adjö, med en uppmuntran om att förmedla kunskap till studenterna på ett bättre sätt än vad han lyckats med.
- Det borde inte vara så svårt, svarar hon med en liten blinkning och ett förlåtande leende. Ta det lugnt nu och njut av arbetsbefrielsen!
Därefter går han ut till pensionärslivets frihet.

Som vanligt tar han Roslagsbanan hem till Täby och radhuset där, ett vanligt boende för många kolleger och andra anställda på universitet. Utan att plocka upp papperet ur portföljen börjar han fundera på årtalet. 1972, då fyllde Arne 18 år och vistades som utbytesstudent på High School i Buffalo, NY. USA. President Richard M. Nixon åkte fast med Watergate till knäna, om man säger så. Året innan, precis när Arne kom dit var Nixon på omslaget till Time Magazine, avbildad som en amerikansk fotbollsspelare med en dollar i handen, på väg att springa iväg med guldmyntfoten. Under hela läsåret spelades Don McLeans American Pie på radion. På våren kom Alice Cooper med Schools Out och gruppen America sjöng om A Horse With No Name. Tillsammans med flickvännen och hennes familj besökte Arne Washington DC, där de besökte Lincoln Memorial och the Capitol. The Capitol är en stor byggnad, fint formgiven med inspiration från antiken i Grekland och Rom. Där finns mycket konst, både målningar och statyer och byster. Staden hade motorvägar, med lägre hastighet - boulevarder, för att hantera stadens interna trafik. Flickorna hade tajta hotpants och varken skämdes eller förargades om man tittade på dem.

En gång på våren 1972 kom en äldre man, bekant till familjen Arne bodde hos och berättade att han hört om en svensk som vunnit en skidtävling i de pågående Olympiska Spelen i Sapporo i Japan. Det var Sven-Åke Lundbäck från Kalix som vunnit 15 km. Klassiskt var det ingen som sa, det fanns ännu inget alternativ på den tiden.

Kalix ja, och Luleå där har sina rötter. Men nu skramlar tåget in på stationen. Arne går ut i den för årstiden ljumma eftermiddagsluften.
- Är det inte lite vår i luften?

4

Väl hemma startar han kaffebryggaren, letar efter till-
tugg. Nej, det får bli en torrskorpa idag också. Dags
att kolla vad det där var för papper han fann i arbets-
rummet på skolan. Han knappar in den tyska texten i
ett översättningsprogram och fram träder följande
meddelande från en svunnen och överspelad tid.

Anslutning 1972

Detta dokument är till för att be-
fästa att Konungariket Sverige, be-
läget norr om Östersjön, dess rege-
ring, avser att under år 1971 fatta
beslut om att från och med 1 januari
1974 ansluta sig till det tyska fol-
kets demokratiska republik, DDR.

Anslutningen ska ske på följande
villkor:

Den förda politiken ska i båda län-
derna vara statsstyrd marknadssocia-
lism.

Den Tyska Demokratiska Republiken
får tillgång till svenska råvaror.

Denna tillgång innebär förtur före
andra nationers möjlighet att explo-
atera.

Svenska företag får tillgång till hela konsumentmarknaden i DDR.

Utbyte av forskning och utbildning mellan de två länderna skall prioriteras och öka.

Tyska skall åter bli ett obligatoriskt vänskapsspråk i Sverige, vid sidan av engelska.

Svenska ska bli ett valbart vänskapsspråk i Tyskland från tredje klass.

Anslutningens genomförande.

Båda staterna suspenderar allmänna val under en tid av tio år.

Under denna tioårsperiod skall de två regeringarna bilda en fast samarbetsstab med uppgift att säkra ett fullständigt samgående efter tioårsperiodens slut.

Vänskapssamarbetet ska bland annat leda fram till skapandet av östersjöområdets starkaste enhet.

Gemensam bedömning görs att DDR inte behöver göra några förberedelser annat än smärre förändringar i löpande politik.

DDR ska säkra icke intervention från Sovjetunionen.

Sverige ska bereda vägen genom att låta den antiamerikanska vietnamrörelsen och studentkårerna kräva den sortens förändringar som leder till ett samgående.

Pressfrihet ska råda och styras av respektive regering. Inledningsvis tillämpas strikt pressfrihet.

Planerad tidpunkt för tillkännagivandet är 1972.

Denna överenskommelse undertecknas interremistiskt av statssekreterare Hans Croneman och ambassadråd Konrad Öffenmacher

Berlin/Stockholm 10 september 1967

Namnen är utskrivna men dokumentet är inte undertecknat.

Lätt förbryllad sätter sig Arne på en köksstol. Är detta dokument, denna text äkta? Vem skulle komma på att skoja på detta sätt? Alternativet är, vem kan ha varit intresserad av att förmedla texten till framtiden genom att fästa den på lådans undersida, med stor osäkerhet om när i framtiden den skulle komma att läsas?

Sökning på namnen visar att denna Hans Croneman faktiskt existerat och varit anställd av svenska UD. Om Konrad Öffenmacher däremot finns inga uppgifter. Är detta en kopia och det finns ett signerat exemplar, eller blev det inte ens undertecknat? Vem hade rummet före mig? Varför blev avtalet aldrig genomfört? Frågorna poppar upp, blandas med varandra. 1967, då var ju Erlander fortfarande statsminister, visste han om detta?

Efter en natt med sömnsvårigheter är Arne Jansson tillbaka på universitet. Han söker en äldre vaktmästare, Sven nånting. Han frågar sig fram, hittar Sven.
- Kan du hjälpa mig, jag behöver veta vem som hade mitt tjänsterum före mig?
- När fick du det rummet då?
- 78, 1978.
- Aj, då blir det kartoteket, om det finns kvar.
- Går det tillbaks till 1967?
- Inte för det rummet, kåken byggdes 1970.
- Men möblerna då, de verkar äldre?
- Det mesta köptes nytt och mycket har bytts ut. Men det har ryktats om att en del av de där äldre kvalitets-

8

möblerna kom från UD. De gjorde visst om där i den vevan.

- Tack! Då förstår jag, ursäkta att jag störde. Vi lägger inte mer tid på detta.

Så, troligen 1970 eller -71 hände något som gjorde att anslutningen inte blev av. Någon på UD handlade mot regering och riksdag, eller på uppdrag av regeringen men tvingades att avbryta, och ville ha en reservutgång. För mig att gå direkt till UD och fråga; *"Vem hos er förhandlade i slutet av 60-talet med östtyskarna om en svensk anslutning till dem, och fick sedan gå, kanske i pension, 1971?"* kanske är otaktiskt. Nej, då blir man väl intagen på anstalt.

Hemma igen började Arne söka på nätet. En lämplig Hans Croneman gick i pension 1985 och avled 2010. Det verkar som om änkan lever. Kan en plan av detta slag ha gått Stasis näsa förbi? Borde det inte finnas spår i stasiarkiven? Konstigt att jag varit docent i statsvetenskap i drygt 40 år och aldrig hört talas om detta! Med inriktning "ideologiska strömningar under 1900-talet" dessutom. Blindstyre!

Måste kolla mer i detalj vilka utbyten som pågick. Det är ju känt att såväl lärare som journalister, fackföreningsmänniskor och politiker åkte till DDR på studieresor och utbildning. Var det kanske mer än så, för några av dem?

2

Fru Croneman hade svarat när han ringde. Hon bekräftade att hon var änkan efter statssekreteraren Hans Croneman. Arne hade ljugit och sagt att han hittat några papper efter Hans, som han trodde hon kunde vara intresserad av att få, samt att han var nyfiken i egenskap av forskare vad det var för något. Han hade erbjudit sig att överlämna dem personligen. Nu måste han alltså skriva ihop något åtminstone halvt trovärdigt. Dokumentet Anschluss 1972 kunde han av uppenbara skäl inte visa upp.

Färgbandet på den gamla Faciten som stått i många år på vinden fungerade hjälpligt. Papper, papper, det måste vara gulnat, lite äldre. I ett skissblock från tiden när han försökte lära sig teckna fick duga, det var i alla fall olinjerat och gulnat i kanterna.

PM - utkast januari 1968

Informellt möte på abonnerad lokal och slutet sällskap, med kansliet och berörd ambassadpersonal.

När kommer våren?

Ny tid för Östersjön

Gemensamma intressen

Med eller utan respektive?

Schnitzel, Kartoffeln und Kleiner Salat

Hans C.

- Så, kan det duga? Ja, det är en fiskeexpedition, mumlar Arne för sig själv.

Fru Croneman, Alice, öppnade dörren till villan i Danderyd. Den verkade rymlig för en person, klart större än hans radhus. Men en statssekreterare hade väl både bättre råd och större behov av en sådan boning än en enkel docent. Han häpnade en aning. Arne själv, som nyss fyllt 67 år, och såg väl ut som man kan förvänta sig. Men Alice Croneman måste vara närmare 80, fast hon såg inte ut att vara en dag över 70. Arne kände en viss ångest komma över sig. Hur skulle detta gå?

- Vad snällt att jag fick komma! Som jag förklarade i telefon forskar jag och undervisar vid universitetet om 1900-talets politiska skeden, statsvetenskap och historia i ett kan man säga.
- Välkommen! Vad spännande att få se papper från Hans.
Var det en lätt tysk brytning han hörde?

- Det är så länge sedan allting, jag har nästan inga vänner kvar från den tiden. Jag var så ung när vi gifte oss.

Hon hade kaffet klart och ett kakfat under plastfolie stod redo i köket, men hon serverade i vardagsrummet. Soffan och fåtöljerna i grönt skinn från 70-talet gjorde fortfarande god tjänst. Tavlorna på väggarna visade vyer av både städer och landskap samt abstrakt konst med streck och prickar i glada färger, men inga foton syntes till.

Arne lade fram det förfalskade dokumentet utan att säga något. Fru Croneman tittade på det med viss förvåning.
- Ja, var det allt?
- Ja, men det är intressant, för mig åtminstone. Januari -68, strax före Pragvåren, det talas om en vår och en ny tid för Östersjön. Den tyska menyn föreslår att den nämnda ambassaden skulle kunna vara tysk. Med eller utan respektive. Var det vanligt med arbetsmöten med andra länders beskickningar och samtidigt ha med make/maka?
- Jag förstår.
Fru Croneman såg ut som om hon funderade på ett lämpligt svar, inte att hon försökte dra sig till minnes något bestämt tillfälle. Åtminstone var det så Arne tolkade den tvetydiga minen.

- Alltså, det förekom att vi träffades allesamman, men det var så uppsluppet, informellt vid sådana tillfällen. Ja, de som var anställda och hade uppdrag kunde dra sig undan för att röka och kanske säga sådant som inte kunde sägas på kontoret. Det var en annan tid.

- Jag har ingen koll ens på vem som var ambassadör här på den tiden, eller någon annan i den Östtyska beskickningen.

- Ambassadör var väl Heinz Junge, åtminstone några år. Sedan kom det en annan, som jag inte minns namnet på.

Arne noterade att hon inte reagerade på att han föreslog den östtyska ambassadören och inte den västtyska.

- Ingen annan? Öffenmacher är ett namn jag stött på i min forskning, orelaterat till detta.

- Öffenmacher? Nej, det är obekant. Vad kan han ha hetat i förnamn eller position?

- Det vet jag inte. Glöm det. Vilka andra var det som kunde vara med på sådana fester? Är det någon som fortfarande är i livet? Någon ni umgås med?

- Oj! Jag vet inte, ingen som jag umgås med längre.

- Men kunde svenska tjänstemän få information om sådant som Pragvåren i princip i realtid, jag menar i samma stund som dissidenterna bestämde sig för att frångå Warszawapaktens normala rutiner?

- Såå? Dissidenter! Ja, det var vad man kallade dem. Tiden var märklig på så sätt. Alla var naiva och samti-

13

digt vara alla på spänn för det pågick ett kallt krig och alla kunde misstänkas vara spioner. Inte som idag när alla tror sig veta exakt allt, men egentligen är de offer för eller skapar sina egna konspirationsteorier.

- Förlåt att jag frågar så ofint, men är ni tyska från början?

- Å, det kan jag inte förneka, men det betyder ingenting. Jag träffade Hans på en av hans resor till Berlin, vi blev kära och gifte oss, inget märkvärdigt.

- Berlin, var det Östtyska Berlin? Västtyskland hade ju Bonn som huvudstad.

- Ja, det var Östberlin. Han var så duktig på tyska, han hade ju arbetat som frivillig i Hannover 1947, för att hjälpa till med återuppbyggnaden av Tyskland.

- Men i västra Tyskland då?

- Ja, så var det. Allt var kaputt!

- Och sedan fick Hans jobb på UD?

- Ja. Efter hans examen i Uppsala. Men vi lärde inte känna varandra förrän 1961. Han var 32 år och jag bara 20.

- Det låter som en vacker romans. Men jag ska inte uppta er tid mer. Det var så vänligt att berätta lite om en tid jag bara har lite spridda barndomsminnen ifrån.

Arne sökte sig ut till hallen, klev i sina skor som vanligt utan att böja sig ner, tog på sig rocken och kepsen. De log mot varandra i något slags samförstånd, nickade ett par gånger, men sa inget.
När han öppnat dörren sa hon:

- Å hör gärna av er om ni finner något mer intressant ur de förflutna.

- Ja, det lovar jag. Svarade han automatiskt och en smula överraskad. Tack så mycket än en gång.

Med detsamma han klev ut på trappen märkte han att det börjat snöa. Glesa, tunga flingor la sig över det fortfarande gula gräset i den stora trädgården. Det luktade hav.

3

Det fanns inte mycket att gå på för Arne i det Alice Croneman berättat. Han tänkte att det kanske inte var något att bry sig om. Men två dagar senare ringde telefonen.

- Du frågade om Öffenmacher, eller hur?

Rösten i telefonen var lågmäld med en bestämdhet bakom.

- Jaa, svarade en förvånad Arne lite långsamt.

Klick! Lät det i telefonen när den kopplade ner. Typiskt, dolt nummer, mumlade Arne.

Tre dagar senare kom ett sms: Handsas Ro kl. 12 imorgon.

Det snurrade till i Arnes huvud, Handsas Ro var en liten stuga på utsidan av Grenanön i södra skärgården. Hans föräldrar hade hyrt stuga där när han var barn, på norra udden. Ön är egentligen landfast via en vägbank från Likudden, men vägen som byggdes för timmer transporter, går inte ända fram till Handsas Ro. Bäst att ta stövlar med sig denna årstid.

Morgonen därpå åkte Arne iväg för sitt hemlighetsfulla möte med den okända rösten. Vägen gick längre fram på Grenaön än tidigare, men ändå inte ända fram. Det fanns en handtextad skylt på en lutande pinne som pekade mot en ganska vältrampad stig. Handsas Ro förkunnade skylten.

Arne drog på sig stövlarna, kollade på klockan, 11.34, han skulle hinna i god tid till mötet. Efter tio minuter var han framme. Det fanns ingen annan människa där. Han hade inte varit där på, ja, kanske fyrtio år, tänka sig. Isen hade gått. I ett mycket skuggigt avsnitt i norrläge där den grova granskogen gick nästan ner till vattnet låg ännu ett stycke is kvar på landkallen.

En av de sista gångerna han var här hade han provat en dykutrustning och simmat i sundet mot Stegelön. Den ön hade sin södra ände i höjd med Handsas Ro och sträckte sig upp mot norra udden av Grenaön där familjen vistats i hans barndom.

Vid dykningen hade Arne även utforskat den luriga stenkista som fanns en bit ut från stranden. Så långt ut att den med normal byggnation aldrig kunnat fungera som stöd för en brygga. En lustig sak som skapat mången förtret. Vid normalvatten låg den någon decimeter under vattenytan. Flera är de småbåtsägare som kört på den, för de hade inte exakt koll på var den låg. Både bottenskrap och brutna brytpinnar kunde resultatet bli. Stenkistan var inte mer än en dryg kvadratmeter i toppen, men det var fem meter djupt där den låg, eller stod rättare sagt. Märkligt att den stått pall för isgången i alla år. Men isen tar väl bara av toppen då och då. En annan sak han noterade vid dykningen var att stenkistan hade massor av fiskedrag som fastnat i trävirket under årens lopp. De var stadda i olika grad av rostning. Eftersom Arne själv inte såg någon njutning i fiske var det med ett stänk av skadeglädje han noterat fiskarnas förluster.

Medan Arne gått ett stycke längs stranden, tittat och kontemplerat över minnen hade klockan skuttat fram en halvtimme. Kvart över tolv. Men ingen människa hade gett sig till känna eller synts till över huvud taget. Han dröjde sig kvar en stund till, men vid pass halv ett gick han fundersam tillbaks mot bilen. Vad hade varit meningen med att locka - var det rätt uttryckt - honom ut till Grenaön? Kände personen till att Arne vistats i området som barn? Ville man egentligen att han inte skulle vara på någon annan plats? Det hade varit soligt när han kom, men nu drog lätta skyar in, det blev kyligare.

4

Våren var trots allt i nära förestående, om än sen detta
år, Arne gjorde dagliga promenader i omgivningarna
hemma i Täby i det soliga vädret. Ägnade inte många
tankar åt besöket ute på Grenaön. Tills en dag lokal-
TV visade bilder och berättade att en person hittats
mördad på Grenaön, i ett skogsparti i närheten av den
gamla gården Handsas Ro. Polisen söker vittnen.
Mördad!

Arnes tankar kastades mellan olika förklaringar. Till-
fällighet, inte den han skulle träffa, någon som ville
förhindra att de träffades, någon som rent av ville sätta
dit honom?
Vem var den mördade? Skulle han gå till polisen för
att få veta namnet, säga vad?

Arne satte sig vid köksbordet bredde ut det lilla han
hade i ärendet originalet/kopian på Anschluss 1972,
det PM han förfalskat, en lista med fyra namn; Hans
och Alice Croneman, Heinz Junge, Konrad Öffen-
macher. Det var allt. Han borde ha pressat fru Crone-
man på fler uppgifter om namn!

Till sist beslöt han sig för att gå till polisen. Han för-
klarade för polisinspektör Peter Bergström att han
hade varit i närheten på Grenaön vid den aktuella tid-
punkten, för att möta en person som bett honom att de

skulle mötas där. Som anledning till mötet uppgav han sin bakgrund i statsvetenskap och att han som nybliven pensionär börjat intressera sig för historia. Personen hade uppgett att det fanns något intressant på ön, men inte vad.

- Jag har meddelandet här, från dolt nummer visserligen, sa Arne och visade upp sin telefon. Jag tänkte att ni har väl kontakter med teleoperatörerna och kanske ändå kan kolla upp vem som har numret ……. och varit i kontakt med mig vid den aktuella tidpunkten.

Pinsp. Bergström tog med sig Arnes telefon och gick till ett angränsande rum där en kollega tydligen instruerades. Han återkom efter bara fem minuter, lämnade tillbaks telefonen.

- Det var den avlidna Lena Lagerbär som kontaktade er, ja numret stämmer. Vad var det hon skulle visa?
- Det vet jag inte, den muntliga kontakten var så kort. Men något på Handsas Ro måste det ha varit. Om det gällde historia på Grenaön alltså. Stället har ju en gammal och omväxlande historia, så pass vet jag. Annars hade hon väl inte bett mig komma just dit. Hur dog hon, om jag får fråga?
- Det kan vi inte avslöja i detta läge.
- Men hon blev mördad?
- Ja!

Arne kände svetten komma på ryggen och i handflatorna. Någon mordhistoria ville han rakt inte bli inblandad i. Än mindre bli anklagad för själva mordet.

- Jag kan inte tänka mig att det hade något att göra med vårt möte. Någon annan olycklig slump måste ha spelat in. Man blir väl inte mördad för lite hembygdshistoria?
- Nej, kanske inte. Se för säkerhets skull till att vara anträffbar om vi vill ställa fler frågor
- Självklart.

Redan innan Arne kommit fram till sin bil flög tankarna runt i huvudet. Lena Lagerbär, vem var det? Hur hade hon kunnat känna till namnet Öffenmacher? Det måste ha kommit från Alice Croneman, han hade ju inte nämnt det för någon annan. Lagerbär, det borde finnas fler med det namnet, men inte så många.

Arne loggade in vid en dator i Stockholms stadsbibliotek. En sökning på Lagerbär gav bara ett namn, Lena Lagerbär 78 år, Stenkullabacken Stora Essingen, ett gammaldags fast telefonnummer, men inget mobilnummer. Det borde ha funnits fler. Han bad att få titta på gamla telefonkataloger från sent 60-tal. Lagerbär, Lagerbär, Lagerbär, där! Eva Lagerbär Essinge kyrkväg. Lena Lagerbär och Ove Skedevi, Stenkullabacken, Stora Essingen.

21

Värt ett försök, men först måste en ny telefon med anonymt kontantkort införskaffas. En ringsignal gick fram, två ringsignaler, tre, fyra, fem. Det kanske inte finns någon kvar att svara hann Arne tänka när en röst svarade svagt.

- Jaa?

- Åh, eh, alltså, ja hej mitt namn är Arne Jansson, jag söker Lena Lagerbär.

- För sent, hon är död.

Det raka och omedelbara svaret kom som en liten chock.

- Ajdå, åh förlåt, jag ber om ursäkt, beklagar. Jag skulle träffa henne i torsdags förrförra veckan, men hon dök inte upp. Jag har provat på mobilen utan svar, så jag letade fram det här numret. Vem är det jag talar med?

- Eva.

- Syster Eva Lagerbär?

- Ja, tvillingsyster.

- Bor du också på samma adress?

- Ja, sedan Ove gick bort.

- Det här kanske kan låta framfusigt eller rent av dumt, men skulle jag kunna få komma och tala med dig bara lite. Saken är den att Lena hade något att berätta som jag tydligen borde veta, men jag vet inte vad.

- Inte hemma, här är allt så rörigt, kan vi ta det på pizzerian vid kyrkan?

- På Essingen?

- Ja.
- Säg när.
- Klockan fyra är det nog rätt lugnt.
- Jag kommer!

Arne var tidig till pizzerian, en man i skinnjacka satt strax innanför dörren men de övriga fem borden var lediga. En radio spelade någon sorts gnällig utländsk musik. Han satte sig vid bordet längst in, med ryggen mot väggen som han lärt från westernfilmer. Pizzabagaren hejade på honom från bakom disken.
- Vad vill farbror ha för nånting idag?
Farbror, jag, tänkte Arne. Men insåg att det nog var rätt benämning på en pensionär.
- Öh, jag väntar sällskap, vi får se.

Efter en stund kom en blond äldre kvinna med ganska raska steg över gatan. Sportigt klädd för sin ålder, sneakers, jeans (utan revor och hål på knäna, tack och lov), islandströja och utanpå den en fjällrävenväst. Hon stannade utanför dörren och såg sig om, sedan klev hon in. Arne reste sig och hälsade på henne.
- Är det Eva? Hon nickade jakande och kom och satte sig vid bordet.
- Hej, Arne. Än en gång, beklagar din systers bortgång.
- Ja, det är mycket sorgligt. Vi hade så roligt tillsammans fast vi är så olika, var. Hon var geniet och jag var den glada dumbommen.

23

- En ovanlig fördelning för tvillingar, så ni var inte enäggstvillingar då?

- Nej hon var brunett och som sagt mycket intelligent, medan jag som synes är blond och knappt normalbegåvad.

- Å, så illa tror jag inte det är. Som jag kanske sa, skulle jag träffa Lena på Grenaön i ett historieprojekt jag håller på med. Ja, jag är alltså pensionerad professor i statsvetenskap, men har engagerat mig lite i tidigare okänd lokalhistoria.

- Kände du Lena i egenskap av lärare? Hon var en mycket duktig tyskalärare. egentligen borde hon ha undervisat på universitet istället för gymnasium. Hon reste till Tyskland nästan varje år för att bli bättre i tyska.

- Nej, jag kände henne inte alls, men på något sätt, kanske från någon före detta kollega fick hon höra talas om mitt historieprojekt.

- På Grenaön? Men gud, varför just där?

- Som det brukar heta, på ett bananskal. Jag tillbringade de flesta av mina somrar på 60-talet där, när mina föräldrar hyrde en stuga på Norra Udden några veckor.

- Men vad spännande, då kanske vi sågs där! Ove, eller rättare, hans bekanta hade ju Handsas Ro på den tiden. Där Lena var välkommen fick jag också hänga på.

- Jaha, ja det kanske var det hon ville berätta om, kanske visa på något. Vilka bekanta handlade det om då?
- Mest byråkrater och såna där diplomater, fast Lena kallade dem för spioner, haha!
- Spioner?
- De kom från utlandet, hon sa det på skämt.
- Ja, det är klart. Men vilka var det?
- Åh, det borde jag komma ihåg, brukar vara bra på namn. Cronemans naturligtvis, Ernst Brandell, Arnold Hirsch, Gabriel Endemann, Godehard Schrammel, Anna Pohl, Gerda Altenburg. Det var väl de vanligaste.
- Så många, men varför just Handsas Ro?
- Det var visst något historiskt, stugan är ju asgammal. Tyskarna brukade stå vid stranden och drömmande vänta på tyska handelsfartyg, hansafartyg sa de. De hade det inte så kul i Östtyskland, så man förstår att de drömde.
- Där ser man, det låter som en historisk koppling, kanske den Lena ville berätta om.
- Ja, hon kunde sånt där mycket bättre.
- Synd att jag missade henne då. Fanns det någon Öffenmacher med i det där gänget?
- Nej, det känner jag inte igen. Men jag var ju inte alltid med, jag var ju lite av femte hjulet som de gärna bjöd in om det fattades en kvinna i sällskapet, men inte annars.
- Så ni hade fina sommardagar på Grenaön förstår jag.

- Inte så mycket om sommaren, semestertid om man säger. Tror de var mest hemma i Tyskland då. Nej, det var på sensommaren efter semestertiderna och höstarna ända fram till Lucia kan man säga, som det var vanligast att vara där. Skrammel, ja vi kallade honom så, Godehard Schrammel hade kört dit en stor husvagn ett år när isen höll. Så det var gott om plats.
- Husvagn, det minns jag inte att jag sett där. Men jag minns säkert inte allt. Men anledningen till att träffas där antar jag var fester av något slag?
- Ja, det kan man säga, kräftskivor, oktoberfest, vi provade till och med surströmming en gång. Men jag tror Hirsch stannade där ensam i längre perioder. Han hade som ett eget rum längst in och fiskespön och sånt.
- Jaha, ja det kan man förstå, med det läget.

Det blev en stunds tystnad och Arne kom inte på något mer vettigt att säga.
- Tack för all denna information. Jag får leta vidare om det finns någon bofast där ute som kan berätta mer. Får jag återkomma om det är något mer jag undrar över? Förresten, när är det begravning för Lena?
- Det är inte bestämt ännu, men jag kan meddela det när det blir bestämt.
- Tack det vore snällt. Tack än en gång för samtalet!

De reste sig och gick tillsammans ut från pizzerian. Arne gick till sin parkerade bil och Eva började gå mot villan. Arne såg hur mannen med skinnjackan kom ut från pizzerian och började gå i samma riktning som Eva. Bäst att vara försiktig, tänkte Arne. Han körde ikapp Eva och erbjöd henne skjuts. I backspegeln såg han att mannen i skinnjackan gick in på en sidogata. Eva avböjde, med hänvisning till att hon bodde så nära. Därmed skildes de åt.

5

Nästa steg i Arnes efterforskningar blev sökningar på internet efter de namn Eva Lagerbär nämnt för honom. Arnold Hirsch var inga problem. Han var ambassadsekreterare född 1925, död 1992. Gabriel Endemann var tydligen något slags kanslist, född 1915, död 1975 i svår astma. Godehard Schrammel gick inte att finna alls. Anna Pohl var sekreterare kort och gott, född 1930, ingen uppgift om dödsår. Gerda Altenburg var också omöjlig att finna.

Ernst Brandell var född 1935 i Enskede församling, Stockholm. En pol. mag. fanns bland meriterna, likaså en bronsmedalj i kula på friidrotts-SM 1957. Men inget om var han varit anställd. En sådan person borde ha fått anställning i staten på något sätt, men från 1958 finns det inga anteckningar. Säkerhetspolisen eller liknande arbetsgivare skulle kunna förklara sådant hemlighetsmakeri.

Internet glömmer aldrig, säger de. Men Arne visste med sig att han inte var tillräckligt fingerfärdig för att leta effektivt, egentligen var det väl påhittighet som saknades. Nu måste ett djärvt beslut till, någon som kan internet måste invigas i sökandet. Åtminstone delvis.

Han ringde Matilda på universitetet och frågade om hon hade möjlighet att hjälpa honom med lite sökningar på nätet om han kom förbi någon dag. Det skulle gå bra nästa dag, lovade hon.

Korridoren med arbetsrum var välbekant, fötterna flyttade sig nästan automatiskt mot tjänsterummen och fram till Matildas. Göransson. M. stod det på en skylt bredvid dörren. Märkligt, tänkte Arne, hur folk från de av dansken erövrade områdena envisas med att ha namn med bokstaven R i, fast de inte kan uttala det ordentligt. Kan det vara på ren trots, en rebellisk snyting mot svenskarna? Matilda var från gurkburkens förlovade stad, Halmstad, men talade nu stockholmsriksvenska med halländsk brytning. Jaja, han hade nog själv kvar en del av sina norrbottniska rötter i tungomålet, även om han bott i Stockholm länge. Föräldrarna hade aldrig slutat säga "vars" och pappa Sture sa gärna att en dryck var "vattustark", när den alltså var svag.

Han noterade att Matilda för dagen var klädd i kjol och blus samt kofta. Till skillnad från det vintervanliga jeans och tjocktröja. Fler än han som längtar efter vår och sommar tydligen.

- Hej! Jo förstår du, jag behöver lite hjälp med att söka några personer vars namn jag snubblat över i en grej jag håller på med.

- En grej, vad hemlighetsfullt!
- Ja det är bara lite lokalhistoria jag gräver i, men jag är ju så erbarmligt dålig på att söka på nätet. Jag har några namn här, jag vill bara veta vad det blev av dem.
- Låt se!
- Ja, det är Godehard Schrammel, Anna Pohl, Gerda Altenburg, Konrad Öffenmacher, Ernst Brandell, Lena Lagerbär. De fyra första är tyskar och de sista två svenskar.
- Det spelar nog ingen roll för internet. Vi ska se vad vi kan få fram.

Matilda knappade in ett namn, hummade, knappade igen, markerade ett stycke, mera knappande, raskt flyttades pekaren än hit än dit, några klick med musen, upprepa från start, osv. Arne hann inte med, utan satte sig i besöksstolen och väntade. Så slutade Matilda med sitt knappande, tittade på honom med beslutsam min och uppmanade honom.
- Var snäll och stäng dörren bakom dig.

När han gjort det fortsatte hon.
- Vad är det du har hittat på? Och kom inte dragande med lokalhistoria!
- Öh, jaså. Hmm, så du fann något?
- De där människorna är mer eller mindre kända spioner och infiltratörer hela bunten. Kommunister, enkelt uttryckt.

Arne kippade efter andan, tankarna snurrade så fort att det kändes som om skallen ryckts loss och snurrade med.

- Nå? Tonen var lite skarp, blicken fast och genomträngande.

- Eh, jo, alltså lokalhistoria är det nog, kanske med en viss twist.

- Försök inte, vi har båda studerat 1900-talets ideologier både fram och baklänges. Det här hör till den kategorin, inte lokalhistoria.

- Om du berättar mer om dessa personer ska jag berätta vad jag vet.

- Detta vill jag vara med på, bara så du vet. Godehard Schrammel, täckmantel pianostämmare, antas ha varit östtysk agent 1960-1975. Vistades mycket i Sverige, senaste uppehållsort Magdeburg. Anna Pohl, schön Anna, också misstänkt östtysk agent med stor dragningskraft på män, känd för honeytraps, bor idag i Berlin. Gerda Altenburg, militär utbildning, östtysk underrättelseofficer, diplomatiskt skydd, persona non grata i Sverige 1972. Ernst Brandell, svensk poliskommissarie senare på UD med stationering i Östberlin. Lena Lagerbär, socialdemokrat, lärare i tyska, misstänkt för samröre med RAF, gift med Ove Skedevi, socialdemokrat, fartygsnavigatör i flottan, ur tjänst 1972 därefter handelssjöfart, död 1994. Den enda jag inte hittar något på är Konrad Öffenmacher.

- Wow! Djupt imponerad, fast jag visste att du skulle klara detta mycket bättre än jag. Nu är problemet att jag inte ens vet själv om jag verkligen vill gå vidare med detta. Det kan vara förenat med livsfara. På allvar alltså, Lena Lagerbär blev mördad i förrförra veckan, när jag hade stämt träff med henne och förmodligen bara några hundra meter från mötesplatsen. Kanske precis samtidigt som jag vankade av och an och väntade på henne. Du kanske såg notisen i tidningen.

- Är det sant! Du har snubblat över något stort från kalla kriget och det finns ännu levande personer som kan berätta om det?

- Ja, så är det. Tror jag.

- Vad är det du tvekar om? Visst, du var en bra lärare på universitet, men du kommer inte in i historieböckerna för det. Här har du chansen!

- Det kan bli en kort historia. Men du låter som att du vill utforska detta?

- Självklart! Jag var ju bara barn när muren föll och kalla kriget tog slut. Det här är ett fantastiskt tillfälle att få komma den tiden närmare. Jag kanske kan berätta om detta för studenter ända fram till 2050, hundra år efter att kalla kriget startade.

- OK, jag har fler namn. Hans och Alice Croneman, Arnold Hirsch, Gabriel Endemann. Grejen är att dessa verkar ha planerat ett samgående mellan DDR och Sverige, på allvar eller på skämt. De har träffats frekvent i en sommarstuga på Grenaön i södra skärgården under andra halvan av 60-talet.

Arne valde avsiktligt att behålla kännedomen om Eva Lagerbär för sig själv tills vidare.

- Ännu fler! Vi måste nog ta reda på vilka som är i livet fortfarande. Hur har du fått fatt i alla namn?

- Jag har besökt Alice Croneman, med ett av mig påhittat memo som förevändning. Jag frågade om namn, men hon gav inga. Så jag chansade och frågade om Öffenmacher. Men hon sa sig inte veta vem det var. Det märkliga är att lite senare ringde någon och frågade om jag frågat om Öffenmacher. Jag svarade ja, men sedan blev det inte mer, de la på. Efter det fick jag ett sms om att mötas på Grenaön. Jag har fått bekräftat av polisen att det var Lena Lagerbär som kontaktade mig och att det var hon som mördades där ute när jag var i närheten. Jag har inte nämnt Öffenmacher för någon annan än Alice Croneman, så antingen direkt eller via någon annan har det gått ett meddelande till Lena Lagerbär.

- Du är redan insyltad alltså! Men varifrån hade du fått namnet Öffenmacher?

- Hmm, från ett dokument.

- Som? Kom igen nu, du kan ju inte hålla på och pytsa ut storyn i pyttesmå bitar sådär!

- Ett som jag fann på undersidan av en skrivbordslåda när jag städade ut mitt arbetsrum. Samma dag som jag sa hej då till dig, om du minns? Där fanns två namn,

Hans Croneman och Konrad Öffenmacher. Det var på tyska, här är en dataöversättning av texten.

Arne tog fram ett ihopvikt papper ur kavajens innerficka och gav till Matilda. Efter att hon läst det och varit tyst en stund och tittat ut genom fönstret, sa hon tyst och tankfullt.

- Det fanns alltså folk som på riktigt var redo att sälja ut Sverige till kommunismen. Äkta landsförrädare och beviset har funnits på undersidan av din skrivbordslåda i 50 år. Är det korrekt uppfattat?

- Det verkar så. Eller så var det ett mycket olämpligt och osmakligt skämt, i synnerhet givet dessa personers ställning och umgänge.

- Men för historieskrivningen måste det utredas vilket. Skulle någon idag ha intresse och anledning att mörda någon som kände till det okända namnet Öffenmacher och var redo att berätta om det?

- En bra sammanfattning av läget.

- Om vi skulle göra en tidslinje av saker som hände före och efter dokumentets datum 10 september 1967 och se om vi kan se ett mönster som visar att dessa personer konspirerade på detta vis, och kanske varför inget blev av det.

- Bra tänkt, jag fixar det.

6

Arne totade ihop en lång lista på uppmärksammade händelser över ett ganska stort tidsspann både före, under och efter tiden 1967 till 1972. Sådana som folk minns, en del för att de skakade Sverige och ibland hela världen. När de träffades nästa gång presenterade han den.

- Jag tänkte brett, för att inte missa något, förklarade han.

1961, 13 augusti. Berlinmuren började byggas.

1963, 26 juni. John Fitzgerald Kennedy håller sitt Ich bin ein Berliner-tal i VästBerlin.

1963, 22 november. John F. Kennedy mördas.

1965, boken Funktionssocialismen, ett alternativ till kommunism och kapitalism, ges ut, skriven av socialdemokraten Gunnar Adler Karlsson.

1965. En arbetsgrupp bildas för att bringa den nordvietnamesiska och kommunistiska FNL-rörelsen till Sverige.

1967. Svenska FNL-rörelsen bildas formellt i Sverige.

1967, 10 september. gruppen Anschluss 1972 bildas.

1968, 4 april. Martin Luther King mördas.

1968, 24-27 maj. Kårhusockupationen på Holländargatan i Stockholm.

1968 6 juni. Robert Kennedy mördas.

1968, Pragvåren med ett friare liv krossas natten 20-21 augusti när Sovjet och övriga Warszawapakten invaderade Tjeckoslovakien för att "hjälpa" landet undan den fördärvliga kapitalismen. Rumäniens Nicolae Ceaușescu protesterade i ett berömt tal mot Sovjets inmarsch.

1969. Finlands president Urho Kekkonen tog emot en medalj från Tjeckoslovakiens quislingpresident Gustáv Husák.

1969, 1 oktober. Olof Palme väljs till socialdemokraternas ordförande. Han efterträder Tage Erlander.

1971, 10 februari. Det Jugoslaviska konsulatet i Göteborg ockuperas av beväpnade medlemmar i Ustaša (Ustasja).

1971, 7 april. Den Jugoslaviska ambassaden i Stockholm beskjuts av två kroater, medlemmar i Ustaša. De riktar även mordhot mot Olof Palme.

1972, 5-6 september. Medlemmar i PLO-Svarta september genomför ett terrorattentat i olympiabyn i München, varvid 11 israeliska idrottsmän mördas.

1972, 15 september. Fem personer dömda till fängelsestraff fritas vid en flygkapning på Bulltofta. Carl Lidbom tillsätts som utredare för en kommission för förebyggande av politiska våldsdåd. Förslaget antogs som temporär terroristlag den 6 april 1973 och permanentades 1975. Lagen väckte starkt motstånd från Fp och VPK.

1972. Anschluss planeras att tillkännages.

1973, 6 april. Temporär terroristlag enligt utredare Carl Lidboms förslag, antas i riksdagen.

1973, 23 augusti. Janne Olsson tar gisslan i Kreditbanken vid Norrmalmstorg i Stockholm. Han begärde att Clark Olofsson skulle föras dit, för det var den ende han litade på. Så skedde också.

1973. Vid riksdagsvalet befinns båda blocken erhålla vardera 175 mandat. Vid oavgjord röstning tillgrips därför lotteri för att avgöra vilken sida som ska få majoritet. En riksdagsplats tas sedan bort till valet 1976 för att förhindra liknande situation.

1974, 1 januari. Anschluss planeras att träda i kraft.

1974. Sverige får en ny grundlag, med bland annat mångkultur och allemansrätt inskriven. Kungamakten utraderas i princip helt efter den så kallade Torekovskompromissen.

1975. Terroristlagen permanentas.

1975, 24 april. Västtyska ambassaden i Stockholm ockuperas av Rote Armée Fraktion, RAF.

1975. Shahen av Iran förbjuder alla partier utom det rojalistiska.

1979, 1 februari. Ruhollah Khomeini återvänder till Iran och utropar en islamsk teokratisk stat.

1979, 24 december. Sovjetunionen invaderar Afghanistan för att stödja dess marxist-leninistiska regering. De blir kvar där till 15 februari 1989. Afghanistan får stöd från USA.

1980. Sv. Afghanistankommittén bildas som reaktion på Sovjets invasion.

1982. Den Sovjetiska centralkommitténs generalsekreterare Jurij Andropov startar Perestrojka, ett reformarbete.

1984, 4 november. Kommunistiska Sandinistas vinner valet i Nicaragua, till viss del för att det borgerliga blocket inte ställer upp.

1985. Sovjetunionens president Michail Gorbatjov utvidgar Perestrojkan med Glasnost - Öppenhet.

1986, 28 februari, Palme mördas

1986, november. Iran-Contras affären avslöjas i USA

1989, 15 februari. Sovjetunionen lämnar Afghanistan.

1989, 15 april-4 juni. Omfattande studentprotester på Himmelska Fridens torg i Peking, mot kommunistpartiets förtryck.

1989, 9 november. Efter en tydlig islossning mellan väst och Sovjet öppnas Berlinmuren, för att aldrig mer stängas. Kort därefter börjar människor på eget initiativ riva muren.

Dog Östtyskland 1989, eller var det västeuropa som dog? Östtyska ambassaden låg på Bragevägen 2, Konsulatet på Verdandigatan 2.

- Lång lista! säger Matilda nästan skadeglatt. Anschluss blev inte av 1974, så vi måste kunna stryka någonstans efter det. Finna sådana orsaker till att det uteblev för att "anslutarna" insett att det inte skulle gå.
- Likaså i förhistorien. Jag skulle säga att 1965 och Funktionssocialismen var en möjlig inspiration för en anslutning till ett fullbordat kommunistiskt system.
- Det kan jag gå med på. Kan man anta att med valet av Olof Palme till partiledare 1969 förändrades förutsättningarna inrikes och att sedan följde en serie internationella händelser, många av dem på svensk mark, som gjorde att man avvaktade och sköt upp det hela. För att till slut inse att det historiska fönstret stängdes allt mer från 1975, för att 1989 inte bara vara stängt, utan helt förvunnet?

38

- Ungefär så. Vissa händelser och beslut påverkade förmodligen mer än andra, men i en redovisning kan de få stå kvar som allmän samhällsorientering.

- Men för att förstå fullt ut, eller så gott det går, skulle vi behöva tala med så många som möjligt av dessa personer. Vad var det som lockade? Såg de personlig vinning? Historisk odödlighet? Fanns det tvång eller utpressning med?

- Så, de levande eller möjligtvis i livet, Alice Croneman, Godehard Schrammel, Anna Pohl, Gerda Altenberg, Ernst Brandell, Arnold Hirsch och Gabriel Endemann. Kan verkligen alla dessa vara i livet fortfarande? Samt den mystiske eller mytiske Konrad Öffenmacher.

- Knappast. Vi har ju redan strukit två, Hans Croneman och Lena Lagerbär. Ernst Brandell är den ende svensken kvar av dessa. Men något måste ha hänt 1971 eller senast 1972, eftersom Ove Skedevi slutade i flottan 1972 och gick över till handelsflottan och samma år Gerda Altenburg, en underrättelseofficer med diplomatisk status som blev utvisad.

- Blev de avslöjade av svenska myndigheter, eller gav de upp? Vi måste kunna få fram mer. Är det lönt att fråga Alice Croneman vidare eller blir det tvärstopp då?

- Alternativt finns det någon annan att fråga? Hur är din tyska? Min är närapå obefintlig.

- Jag läste i alla fall tyska både i grundskolan och på gymnasiet. Men jag har inte jobbat med tyska som språk.
- Vi måste hitta Ernst Brandell, han är ju född samma år som Elvis, som fortfarande lever. Det vet ju alla!

7

Att finna Ernst Brandell var inte lätt. De fick båda an-
stränga sig via sina informella kanaler. Men de fann
honom till slut, i ett radhus i Enskede. De satt kvar i
bilen, parkerad två hus bort från Brandells. Tittande
mot nummer 17, inget hände. Allt var lugnt på den
sömniga förortsgatan. Någon enstaka bil körde lång-
samt gatan fram, parkerade och folk gick in till sig.
Klockan gick, det skymde och redan 20.30 släcktes
lamporna hos Brandell. Nu var det för sent för denna
gång. De bestämde sig att försöka morgonen därpå, en
lördag.

De parkerade på samma plats, klockan var bara sju
och det var lite tidigt att ringa på. De spanade högst en
halvtimme så kom en äldre man i tofflor och morgon-
rock ut för att hämta tidningen. När han gått in beslöt
de sig för att ringa på.
- Ernst Brandell? Det var Matilda som öppnade mun-
nen först.
- Jaha, är det ni, som har suttit i en grön Citroen utan-
för tolvan?
- Ja. sa Arne enkelt.
- Kom in då, löd kommandot.

Väl inne befann de sig i ett ombonat hem med många
bokhyllor. De satte sig i köket. Det hade visserligen
fönster mot gatan, men persiennerna var stängda och

Ernst Brandell tände ingen lampa. Han var inte så lång, kanske 175 cm, men kraftigt byggd och med stora nävar, kulstötaren. Handslaget var som väntat fast, mycket fast. Huvudet var nästan kalt och ansiktet pryddes av en rejäl valrossmustasch. Hela han andades gammaldags pondus.

- Vad har Alice sagt? frågade han bestämt och direkt.

Arne insåg att här kunde han spela lite bluffpoker.

- Lite av varje, som att ni var ett gäng som träffades på Grenaön då och då. Jag hade med mig det här PM:et som hennes man skrivit.

- Jag hörde det. Jaså, Grenaön. Jaha, vad mer? Plötsligt blev de förhörda av den gamle kommissarien. Det var ju de som skulle ställa frågorna.

- Ja, och så fick jag några namn på de som brukade vara där. Som ert och Lena Lagerbär och hennes man, samt Konrad Öffenmacher och Godehard Schrammel.

- Jaha, och av dessa är jag den enda svensk som fortfarande är i livet. Därför kommer ni till mig.

- Ja, i princip så enkelt ja. Vet du exempelvis hur Lena Lagerbär dog?

- Ja, jag vet, men det är FU på den.

- FU?

- Förundersökningssekretess.

- Men vi vill veta mer! Det var Matilda som visade entusiasm.

- Om vad då, om jag får fråga?

- Varför en säpo-polis som du själv, en navigatör i flottan som Skedevi och en regeringskanslist som Croneman skulle umgås på en skärgårdsö med en tysk spion som Schrammel och andra tyskar med stark koppling till DDR-regimen, förklarade Arne
- Det där är ganska långtgående slutsatser från så lite uppgifter!
- Men det är sant, eller hur? Vi är statsvetare, men det vet du redan. Men vi är inte ute efter hänga ut er, däremot är vi mycket angelägna om att förstå historien i detta. Matilda här kan tänkas disputera på detta ämne om materialet håller. Då skulle jag handleda.
- Jaha, det skulle jag alltså. Matilda gjorde sitt bästa att hänga med i svängarna när Arne improviserade, eller spelade bluffpoker.
- Hängde detta på något sätt samman med att du en tid var stationerad i Östberlin? Arne ökade insatsen.
- Ni är förhoppningsvis medvetna om att det kan finnas flera problem med att gräva i en sådan sak? Dels kan det finnas människor vars liv och gärning kan påverkas eller omvärderas. En del som fortfarande har kontakter och som är angelägna att inget kommer ut. Det blev tyst en stund.

- Du vet saker, jag har rätt i det jag påstått, men du vet mer och funderar på om du ska berätta sanna saker eller fabulera oss ut på villovägar.
Ernst Brandell log lät överseende.

- Kan ni identifiera Konrad Öffenmacher lovar jag att berätta vad jag vet. Men nu får ni ge er av.

Ute på gatan var det fortfarande morgon, eller tidig förmiddag. Våren var på väg, småfåglarna sjöng, det började bli grönt i det gula i gräsmattorna, de flesta hundlortarna var borta. Arne tankade bilen på väg till universitet. Dinern intill var så klart öppen, så han föreslog att de skulle ta en kopp.

- Konrad Öffenmacher, nu har Alice Croneman, Lena Lagerbär och hennes mördare får vi anta, samt Ernst Brandell reagerat på det namnet. Det måste vara en central figur i detta drama. Inledde Arne när de satt vid sitt bord med varsin kopp kaffe och smörgås med ost och skinka.
- Men inga spår!
- Jag är inte säker på att de reagerat av samma anledning.
- Kanske det, men Alice Croneman måste vi anta har reagerat negativt eftersom hon ringt vidare till Lena Lagerbär.
- Eller till någon annan som ringt Lena.
- Eller till två, Lena och en till och de två har reagerat olika.
- Croneman ville inget säga till mig, men Lena ville säga något om just Öffenmacher. Därför tystades hon.

- Hon har alltså vetat något väsentligt under lång tid och ville nu, vad? Avslöja något eller leda dig på fel spår?
- Hon kanske inte kunde säga något medan hennes man levde, men nu kunde hon avslöja det.
- Var hon tvingad av sin man att delta, eller var det en ungdomssynd, en ideologisk blindhet hon på äldre dar vaknat upp ur och nu såg chansen att rätta till?
- Du som kan tyska, betyder öffenmacher något?
- Öppna-göra, jag kollar.

Matilda tog upp sin telefon och började leta på nätet.
- Det verkar vara ett konstruerat ord, som en del efternamn kan vara. Men det kan tolkas som den som öppnar, öppningsdrag, tändande gnista, katalysator, möjliggörare.
De båda såg på varandra med upphetsning.
- Det är ett kodord! sa de båda samtidigt.

- Fraktion Öffenmacher är/var en förtrupp som skulle bana vägen för en anslutning av Sverige till Östtyskland eller vice versa. De skulle sondera, skaffa kontakter, fixa hållhakar och utpressning, allt som behövs för att göra den riktiga offensiven möjlig, framgångsrik. Arne kände sig nöjd med sin sammanfattning.
- Kontingent Öffenmacher, rättade Matilda. KONrad Öffenmacher = KONtingent Öffenmacher!

- Precis, förmodligen helt rätt. Men, var det ett fristående försök eller beordrat?

- Brandell eller Croneman nästa att besöka? Eller leta rätt på en av tyskarna?

- Jag skulle säga Brandell, han lovade svar om vi kunde identifiera Öffenmacher.

8

Tillbaka i Enskede på radhusgatan var det tyst, släckt och stängt. Ingen svarade när de ringde på, inte heller när de bankade på dörren.

- Polisen eller Croneman? Undrade Matilda.
- Polisen är väl att ta i, han kanske bara gått en promenad eller handlar. Blandar vi in polisen blir det mycket att förklara och vi röjer garanterat allt vi vet och lite till för de vi vill ha svar ifrån.
De satte sig i bilen och väntade.

- Kvar i livet är Croneman, Schrammel, Pohl, Altenburg och Lagerbär.
- Nej, Lagerbär är död, eller har du glömt?
- Eva, Eva Lagerbär. Lenas tvillingsyster.
- Henne har du inte nämnt!
- Nej, jag ville hålla henne utanför ett tag. Tror inte hon vet så mycket. Enligt egen utsago var hon inte ordinarie vid mötena i Handsas Ro.
- Så du har talat med henne och inte sagt något till mig?
- Ehh, ja, det blev så.
- Det blev så, säger Matilda med tydlig sarkastisk ton. Vad sa hon då?
- I princip att hon var en dum blondin som var femte hjulet på de där festerna.
- Inget annat?

- Ja, det var hon som gav mig alla namnen förstås.
- Alla namnen! Inte Croneman, inte Lena Lagerbär, ingen annan, inget dokument eller så?
- Nej, det var Eva.
- Ibland tror jag att det är karlarna som blir korkade när de ser en blondin! Hur kan hon veta så mycket om hon inte är insyltad?
- Om hon är observant och med gott minne, kanske? Arne Kände sig dum.
- Om vi inte ska försöka igen med Brandell, är det antingen Alice Croneman eller Eva Lagerbär vi ska tala med härnäst. Tre svenskar och tre tyskar kvar i livet att välja på.
- Med andra ord, antingen vet Eva allt eller bara utanpåverket, den sociala samvaron. Alice vet mer än hon berättat, men hur mycket? Brandell vet mycket, men inte allt och saknar förmodligen koden - öffenmacher.
- Alltså måste vi chansa åt endera hållet. Tyskarna måste vi vänta med tills vi vet mer.
- Vill du träffa Alice eller Eva?

Alice Croneman hade inga invändningar mot att träffa Arne och Matilda. Även denna gång i Cronemans villa. Allt var lika välstädat och propert som förra gången, och lika oförändrat 70-tal.
- Jag visste inte att det skulle bli så stort intresse för det lilla du visade mig förra gången, det var väl inget.

- Åjo, du ringde några samtal efter jag hade gått, eller hur? Till gamla vänner från 60-talet, i gänget som umgicks på Grenaön, var det så?

- Nej, jag alltså, allt var som vanligt, jag ringde mina vanliga vänner och vi talade om helt vanliga saker.

- Det verkar inte så, för jag fick ett telefonsamtal från en person som ville tala med mig om Konrad Öffenmacher. Kan du säga mig vem?

- Det känns olustig att bli ifrågasatt så! Ja, jag kan han nämnt det i förbiseende.

Alice Croneman skruvade på sig, märkbart besvärad över frågornas direkta avslöjande att de nu visste mycket mer än vad hon själv hade sagt till Arne tidigare.

- För vilka då? flikade Matilda in.

- Åh för, för, Gerda.

- Gerda Altenburg? Arne och Matilda lyckades inte dölja en viss förvåning.

- Finns hon i Sverige? Undrade Matilda.

- Nej hon bor i Lübeck, den gamla hansastaden.

Alice bet sig lätt i läppen och tittade ett kort ögonblick mot en tavla med stadsmotiv som hängde på väggen.

- Ingen mer, någon som bor i Sverige? försökte Arne.

- Lena Lagerbär kanske? sa Matilda.

- Nej, henne har jag inte talat med på flera år. Hennes man, hon trodde att Ove och jag, men det var helt fel. Något sådant hände aldrig.

- Jag förstår, sa Arne. Men Godehard Schrammel då? Ni är alla i samma ålder, har ni hållit kontakt?
- Godehard! Alice log, nästan skrattade. Han var en sån spjuver, säger man så? Han hade idéer om allt, allt, allt! Han var på besök någon gång medan Hans levde, men vi har ingen kontakt.

Arne och Matilda tackade för sig. Alice betonade att de måste komma tillbaks om de har fler frågor.
- Sextitalet var en härlig tid för fester och drömmar. Det är bara roligt att minnas tillbaka.

I bilen var de tysta halva vägen hem till Matilda, när Arne skjutsade hem henne.
- Katt och råtta! Sa Matilda plötsligt.
- Ja, det kan man väl säga, hur menar du?
- Godehard, Gerda, Gabriel och Arnold. Fyra tyskar som ville få till ett närmande mellan Sverige och DDR, samarbetade med svenskarna Hans Croneman, Ove Skedevi och Lena Lagerbär. Eva Lagerbär och Alice Croneman verkar ha varit ovetande. Anna Pohl är jag fortfarande osäker på. Men Ernst Brandell var konspiratörerna på spåren. Han var svensk kontraspion eller liknande, sa Matilda sammanfattade i en lång utläggning.
- Uttömmande resonerat. Så när Alice ringde Gerda berättade hon om mötet och nämnde att jag frågat om en Konrad Öffenmacher, som Alice inte kände till. Gerda anade genast oråd och kontaktade Lena.

- Lena hade kommit på bättre tankar på gamla dar och ville berätta något för dig. Gerda misstänkte det och reste upp från Lübeck och mördade Lena samt reste hem igen.

- Brandell inser att mina frågor till Alice rört upp något, men vet inte vilka som är vad, även om han har klara misstankar. Ska vi ta helg? Det är söndagkväll och du ska väl jobba imorgon.

- Ja, men ledig onsdag, vi hörs väl då.

Arne bromsade in vid vändplanen utanför hyreshusen där Matilda bodde. Med sammanbitna miner och tummen upp skildes de åt.

9

På måndagen var Arne åter på biblioteket för att gräva i arkiven. Lena Lagerbär var en aktiv socialdemokrat och medlem i LR, Lärarnas Riksförbund. Där ordnade hon regelbundet utbildningsresor för tyskalärare till Östtyskland under cirka tio års tid 65-75. På en bild sågs hon med Ingvar Carlsson. Lenas man, Ove Skedevi var också med i partiet, enligt ett protokoll där han skrivit under som justeringsperson.

Eva Lagerbär var tillsammans med syster Lena med i SSU, men verkar inte ha varit med i partiet som vuxen.

Hans Croneman var också medlem i socialdemokraterna, vilket väl var i det närmaste en självklarhet för statssekreterare på den tiden. En kort tid i början av 60-talet var han ledamot av Stockholms Arbetarekommuns styrelse. Några andra direkt partianknutna uppdrag verkar han inte ha haft.

Ernst Brandell har inte lämnat några spår i något parti. Kanske bäst så för en "spionpolis". Han var uttagen i kula till OS-truppen som skulle åka till Rom 1960, men åkte aldrig, oklart varför. Kanske var jobbet redan ett hinder vid 25 års ålder. Han verkar inte finnas alls i offentliga papper efter det. Den främmande makt som ville hålla koll på Sveriges kontraspionage och upptäckte att Brandell dök upp här och var i närheten av deras spioner, men inte fanns i några offentliga papper, måste ha blivit misstänksam. Var det Brandell som avstyrde operation Anschluss 1972?

Vad levde Alice respektive Eva av? Hans hade säkert bra lön, men hade verkligen inte Alice haft något eget jobb? Eva verkar inte ens ha varit gift, så vad har hon levt av, inte sin syster väl?

På tisdagen kunde Arne inte hålla sig längre. Han åkte förbi hos Matilda på universitetet och kollade om hon kunde komma ifrån.
- Vi måste tala med Brandell igen, och kanske med Eva för att kolla lösa ändar, men definitivt Brandell. Matilda kollade på klockan.
- Jag har en handledning om tio minuter. Ska vi säga om tre kvart?

Vid pass klockan tre gled Arnes gröna Citroen fram på radhusgatan i Enskede. Han stannade inte förrän de passerat Brandells dörr med ett tiotal meter. Redan när de nådde postlådan öppnades dörren och Brandell vinkade in dem. De satte sig i köket på samma sätt som tidigare.
- Vi vet vem Konrad Öffenmacher är! inledde Matilda lätt triumfatoriskt.
- Så bra, vem är det då?

- Ingen, sa Arne och la fram originalet han funnit under skrivbordslådan. Ernst Brandell läste tyst.
- Konrad Öffenmacher är ett kodord för en kontingent förlöpare, om man säger så, förklarade Arne. Det blev tyst en stund.

- Nå? Undrade Matilda otåligt.
- Jo, det kan stämma. Vi jagade detta spöke ett tag, fram till 1971 om jag minns rätt. Men sedan var det som att allt bara upplöstes, eller avblåstes.
- Det verkar stämma med vad vi fått fram när vi talat med Alice och Eva. Gerda Altenburg utvisad 1972, Ove Skedevi till handelsflottan samma år och Lenas tysklandsresor upphör ungefär 1975.
- Så det blev aldrig mer allvar än så? Frågade Matilda.
- Det kan man inte veta, svarade Brandell. Lämnade DDR någonsin Sverige ifred innan muren föll?
De tre tittade menande på varandra. Något hände 1971, kanske mer än en gång.

- För att vara tydlig, sa Arne, vilken period var du i Östberlin?
- 1970 till -73, men jag höll kontakt med byrån i Stockholm som bevakade den här gruppen.
- Kan du ha blivit skickad dit för att vara ur vägen?
- Det är naturligtvis möjligt.
- Och därför fanns det fortfarande en anledning att mörda Lena Lagerbär, fyllde Matilda i.

- Inte för någon av staterna, det måste vara någon av personerna som vill skydda sig själv. Saken tillhör den civila polisen nu. Var försiktiga där ute!
- Eva nämnde en sak för mig. Tyskarna brukade stå vid stranden i den lilla vik där Handsas Ro ligger och titta drömmande mot havet, i längtan efter hansafartyg, påstod hon. Säger det något?
- Ja, vi trodde att de väntade kommunikation eller gods via miniubåt. Om man tittar ut genom sundet ser man att det är fritt ut till öppet hav i sydost. På 1500-talet kunde man segla in i den rännan och ankra i lä bara några hundra meter från Handsas Ro. Vi tror att det faktiskt var en smuggelrutt på den tiden och att det är så det fått sitt namn. Men det ska väl du veta som skulle skriva bygdehistoria? Brandell blinkade mot Arne.
- Fick ni något belägg för det då?
- Nej, men det betyder inte att det inte hände åtminstone någon gång.

- En nyfiken fråga bara, innan vi slutar. Träffade du Olof Palme någon gång?
- Jadå, några gånger, även Fälldin, Ullsten och Bohman några gånger. Det tillhörde jobbet.
- Men inget relaterat till detta fall?
- Nej, inte alls.
- En sak till, undrade Arne, Anna Pohl har vi inte alls nämnt här. Hon påstås ha varit en honey trap, ett lockbete. Hur var ditt förhållande till henne?

- För att citera Evert Taube:
Fritjof Andersson lurar man nog,
ett par gånger med vin och med sång
men det sker ej två gånger uppå samma krog
och uti varje hamn blott en gång!
Anna Pohl var aldrig den kvinnan och Handsas Ro inte den hamnen.
- Men det skedde alltså vid något att tillfälle, stygg pojke! Sa Matilda och hötte med fingret.
- Nej, inte så. Det skedde en förveckling i familjelivet som får mig att aldrig glömma dessa textrader. Men det hände aldrig i jobbet.
- Förlåt, det var tråkigt att höra!
- Tja, det är som det är. Man lär sig och man lär sig att leva med det.

Matilda och Arne tackade, med huvudena snurrande av nya frågor som måste formuleras innan de kan ställas och troligen ställas till andra än Brandell.

I bilen säger Matilda att hon vill träffa Eva också och höra vad hon har att berätta mer. Arne instämmer, så han ringer upp Eva direkt och lägger fram sitt ärende. Hon tycker de kan komma med detsamma om de har möjlighet. Så de styr kosan mot Essingen. Under resan undrar Matilda:
- Tycker du allt verkar rätt med Brandell?
- Jaa, hur så?

- Han verkade både mindre intresserad och samtidigt mindre reserverad, öppnare.
- Ja, jo. Det kanske var det där med öffenmacher, en bekräftelse på vad han länge haft på känn.
- Och den där frågan som han ställde nästan bara för sig själv. *"Lämnade DDR någonsin Sverige ifred innan muren föll?"*
- Du anar en gravad hund nånstans?
- En hund begraven menar du?
- Äsch det är en lite humoristisk syftning på Refaat El Sayed, en egyptier som charmade svenskt näringsliv med sitt påstående om bland annat en doktorshatt han inte hade. Han sa när det började gå honom emot att det fanns en gravad hund i saken. Så jo, jag menar en hund begraven.
- Jaha. Jo, vad menade Brandell med det? Fanns det en stay-behind grupp som fortsatte verka här efter att Anschluss lagts ner?
- Det du, det tål att fundera på!

Hos Eva Lagerbär var inget lika välordnat som hos Alice Croneman. Möblemanget var av nyare snitt, 90-tal kanske, men inte lika genomtänkt möblerat. Dessutom låg det högar med kläder på flera av möblerna och minst ett tiotal kartonger, både öppna och tillslutna stod till synes slumpvis utplacerade. Men hon hälsade glatt på dem.
- Hej välkomna! Är det du som hjälper Arne att skriva om Grenaön?

- Hej, tack! Ja, så är det
- Vad spännande. Vet ni, när du hade åkt Arne så började jag tänka. Det är snart Nationaldagen, skulle inte vi kunna åka ut till Handsas Ro och gå omkring och minnas? Kanske jag kommer på något viktigt! Och du som varit där som barn och allting.

Arne och Matilda tittade överrumplade på varandra. Av Matildas blick förstod Arne att den bollen var hans.
- Heh, ja, för min del går det väl bra jag är ju till diverse rendez-vous ledig kan man säga. Hur är det med dig Matilda?
- Jag har ingen bil, men om du kör, så för all del.
- Men gud så bra, då säger vi det!
- Men, men vi har lite frågor som vi kanske kan ta nu direkt också.
- Kära Emma, det går så bra.
- Matilda!
- Just det, så var det.
- Hur var förhållandet mellan Alice Croneman och din syster Lena?
- Å, det var bara bra. Det var mellan Hans och Ove det var lite på kant om man säger så.
- På kant?
- Ja, du vet med tuppar och höns. Höns kan det finnas många i ett sällskap, men en tupp vill alltid vara enda tuppen. De var sådana båda två, typiskt karlar!

- Var ni som höns alla kvinnorna som var med, om jag får fråga så? undrade Arne.
- Ja, utom Gerda, hon var så sträng, militär och allt. Ibland hade hon uniform på sig när det var fest. Med såna färgglada scoutmärken på bröstet och allt. Nej hon var ingen rolig donna!
- När talade någon av er med henne senast?
- Å, evigheter sedan, 70-talet nån gång.
- Lena var ju med i partiet, liksom Ove och Hans. Var det några sådana med där ute vid något tillfälle?
- Politiker? Nej, de var inte särskilt omtyckta i det gänget. De skojade friskt om hur korkade politiker är, även deras egna. Jag brydde mig aldrig så mycket. Det fick vara nog med politik för min del när jag blev för gammal för glina i SSU.

- Du nämnde att tyskarna ibland stod vid stranden och drömde om båtar i fjärran, vad var det?
- Det var Skrammel som brukade stå där och drömma. Han försökte måla upp hur hansafartyg ankrade utanför viken och smugglare tog iland smuggelgods, som Martin Luthers katekes, tryckpressar och annat sånt som det var förbjudet att tala om innan han, kungen, vände blad och gjorde Sverige till en protest.
- Protestantiskt.
- Jag trodde honom aldrig och Gerda blev bara arg när han höll på så där. Men Ernst tyckte det var intressant och frågade gärna efter mer detaljer.

- Hade de någon båt där, du nämnde att Hirsch brukade fiska.
- Ja en eka fanns det, men ingen motor. De rodde väl ut till grynnorna söder om Stegelön för att meta.
- Ja, det är ju nära. Hur går det med din syster nu då, begravning och så?
- Polisen är inte färdiga ännu, rättsmedicin måste visst säga något men de tror att det kan bli begravning efter midsommar.
- Har de sagt något om hur hon dog?
- Nej, fast jag är ju inte dummare än att jag läser tidningen och förstår att när en person mördas på Grenaön samma dag som Lena dör där så är det hon som mördas.
- Jag förstår. Jag anade också samma sak, så jag har anmält till polisen att vi skulle träffas där den dagen. De noterade det men har inte återkommit till mig på något sätt.
- Det var rättfram gjort av dig, inför risken att bli misstänkt för mord.
- Kalla det uppfostran eller något.
- Jag uppskattar det och jag är säker på att polisen också gör det.
- Tack! Ska vi säga att vi kommer förbi och hämtar dig på Nationaldagen, blir klockan nio bra?

Matilda och Arne tar adjö och går mot bilen.
- Släpp av mig vid T-banan säger Matilda, det är onödigt att du kör omvägen om mig!

- När fortsätter vi då?
- Jag ska på fest i helgen, men söndag eftermiddag går det?
- Eftersom jag aldrig började med golf, så visst!
- Glöm inte att vi ska ut till Grenaön med Eva också på måndag.
- Nationaldagen ja!

Klockan nio prick på Nationaldagen var de utanför den Lagerbärska villan på Stora Essingen. Dagen var en solig dag, trafiken var relativt lugn så här tidigt. Färden ut till Grenaön tog en dryg timme, men de hade inte bråttom. Eva Lagerbär var gärna guide och berättade för de inflyttade om platser och människor längs vägen.
- Fassan va plit på Holmen va. Sa hon på sin finaste ekensdialekt. En annan ha ju vatt mälardrottning hela livet, om ni fattar!

De skrattade gott alla tre. Eva berättade om tiden på Långholmen, att växa upp där. Fångarna hade hon aldrig ont av. När de kom ut försvann de så fort de bara kunde från ön. De fångvaktare som bodde på ön var som en stor familj. De hette egentligen Andersson, men Lena vill ha något finare, så båda systrarna tog namnet Lagerbär. Lena hade flyttat hemifrån 1961 för att studera på lärarseminarium. Men Eva blev kvar till myndighetsdagen 1963. Hon hade kunnat flytta tidigare, för hon hade jobb och försörjde sig själv som busschaufför, en av Stockholms första kvinnliga. Turerna utanför stan hade hon tyckt bäst om. Mindre stress och gladare människor. Det var också så hon hade lärt känna omgivningarna söder om stan.

Arne hade tagit med en kylväska, korv och korvbröd, några lättöl, en påse köpebulla och en kaffetermos. En filt fanns alltid redo i bilen.

Grusvägen på Grenaön var torrare nu än när han var dit några veckor tidigare. De tog stigen ner mot Handsas Ro och kom fram enkelt och snabbt. Det var ingen annan där. De slog sig ner vid stranden en anständig bit från stugan. Arne satte ner kylväskan och Matilda la ut filten.

- Vill ni grilla korv direkt, eller vill du se dig omkring? Sa Arne och tittade på Eva.

- Vi kan väl kika lite medan vi ändå är uppe och går.

De gick bort mot stugan, rödmålad med vita knutar. Det var en stuga av äldre modell, förmodligen från början en torpstuga senare tillbyggd med en veranda med tak i samma profil och tegelbeklädnad som resten av stugan. Det var påfallande lågt i tak och stugan såg ut att börjat sjunka ner i jorden.

- Här stod Skrammels husvagn, visade Eva och stegade ut där den stått en bit upp i backen från stugan. Mycket riktigt var marken plangjord där. På baksidan mot norr hade stugan inga fönster. Ett utedass stod nere mot stranden i nordost, det var det hela.

Utsikten från stugan utgjordes i söder av ett tun om ett par hektar, kanske tre, som fortfarande var relativ öppet. Det lutade ner mot stranden som visade en liten sandstrand i en liten bukt. Vid stranden närmast stugan låg några stora stenbumlingar och resterna av en brygga som löpt ut från denna. I övrigt var stor granskog på trenne sidor.

De gick ner till stenarna och tittade ut över vattnet. Till vänster låg södra udden av Stegelön, söder om denna några små skär och grynnor. På en del hade såväl örter som lövträd fått fäste. Ännu längre söderut låg en större holme som han inte visste namnet på. Till höger, om man tittade precis förbi granarna vid vattnet kunde man ana havshorisonten. Arne försökte se stenkistan ett trettital meter ut från stranden, men det var stilla och det vakade inget över den.

- Nej nu grillar vi, utbrast Arne och stegade mot stranden där de lämnat packningen. I granskogen gick det snabbt att finna tillräckligt med torra pinnar för att få till en hyfsad brasa att grilla på. Medan de åt kom konversationen igång.

- Det var fint att ta mig med hit, det är nog snart femtio år sedan jag var här med Lena.

- Är det sig likt, undrade Matilda.

- Jadå, men tyst och somrigt. Bryggan var i bättre skick där Hirsch stod och fiskade och Skrammel spanade efter hansafartyg.

- Det låter väldigt intressant med de där hansafartygen, vet du mer?

- Ja, det lär finnas åtminstone korn av sanning i de där historierna om tysk smuggling. Det var ju långt, långt innan telefoner och kameraövervakning. Lena nämnde en gång att det kanske var moderna fartyg han spanade efter, men det uppskattades inte. Gerda blev mycket upprörd över det påståendet.

- Hur kan det komma sig?

- Möjligen för att Halsfjärden ligger en bit bort, bakom några öar där. Eva gjorde en svepande rörelse med armen.

- Hals, som på gammelsvenska uttalades hors, som i Hårsfjärden! utbrast Arne. En svensk flottbas ligger där. Och halsen är ett sund man passerar för att komma in i fjärden.

- Så kan det vara, sa Eva, märkvärdigt lugn.

Arne och Matilda såg på varandra.

- Menar du att tyskarna var här för att spionera på flottbasen? Matilda gjorde stora ögon.

- Nej, det menar jag inte och det tror jag inte heller. De här människorna tror jag inte kunde göra sig så obemärkta som man förväntar sig av en spion. Inte heller var de sorten som smutsade ner sina egna händer. De var diplomater och så, så det är mycket möjligt att de ibland hanterade spionmaterial, men jag kan inte tänka mig att de deltog aktivt i spionerande.

- Men de hade andra politiska uppgifter menar du?

- Ja, självklart, de företrädde ju ett annat politiskt system än vårt.
- Så, propaganda då?
- Ja, propaganda, inflytande, värvning, med mera. Skrammel var en god berättare och kunde påverka andra människors tänkande så att han fick medhåll. Anna hade väl andra kvaliteter för att övertyga.
- De andra också?
- Nja, Gerda och Herr Hirsch, som alla sa, ingen kallade honom bara Hirsch eller gud förbjude, Arnold. När vi var bara svenskar sa vi naturligtvis bara Hirsch. Nå, det var istället de som tog hand om dem som Skrammel och Anna omvänt.

- Har du vetat det där hela tiden? Nu la sig Arne i resonemanget.
- Nej, nej! Men Lena började ångra en del saker efter Oves bortgång. Saker som hon berättade för mig, hur tyskarna opererade. Jag trodde inte mycket på't. Men med era frågor och efterforskningar och mordet på Lena måste jag börja tro.
- Strongt! Men varför ville du åka hit, vad trodde du dig finna här?
- Ingenting, men här är vi troligen inte avlyssnade.
- Tror du...
- Nej, varken vet eller tror. Men Lenas död har fått mig att tänka, omvärdera saker som hänt, som jag varit med om. Festerna här, med tyskarna, till exempel. Det kanske inte var så oskyldigt som det verkade.

- Har det hänt något efter det som fått dig att ändra uppfattning?
- Kanske inbillning, men jag har känt mig iakttagen. Till exempel en man i skinnrock som ofta går förbi mitt hus. Jag fick detta brev i fredags, det säger mig inget.

En dämpad Eva visade dem ett brev från polisen. Där meddelades att Lena Lagerbär avlidit av skottskador från en pistol i kaliber 32. Att ingen misstänkt gärningsman finns. Inte heller finns något matchande vapen tillgängligt. Utredningen läggs tills vidare ner i brist på utredningsuppslag.

Arne och Matilda hajade till med en rysning och en lätt vissling från Arne.

- (vissling) Skjuten alltså! Ändå hörde jag inget när jag var här.
- De kan väl ha sån där ljuddämpare som man sett på film. Eller så var du inte här just då, tillfogar Matilda.
- Hur känns det att vara här och tänka på det beskedet?
- Bra, men det känns förstås. Bättre här med er än hemma där jag ibland ser spioner överallt.
- Jag har mött en riktig rysk politisk kommissarie en gång, med en sådan klassisk, kanske stereotypisk svart skinnrock som precis går nedanför rumpan. Breda slag som en skepparkavaj. Han såg mordisk ut. Den du har sett, är det han som var på pizzerian när vi träffades där?

- Kanske, jag tänkte inte på det då. Nej, nu tänker vi inte mer på det, utan på refrängen.

De packade ihop under tystnad, anträdde promenaden mot bilen. Men hur det var så nådde de granskogen lite längre norrut än där de kom fram på stigen från parkeringen. De märkte det inte, men detta var en annan stig, med en annan sträckning.

Efter några hundra meter skymtade de något blått mellan träden. När de kom närmare såg de att det var rester av blåvita band med texten POLIS på. Det var alltså här Lena blev mördad, eller i vart fall funnen, insåg Arne. Han tittade på Eva som stannat.
Matilda insåg också saken. Hon gick fram till Eva och tog henne i handen.
- Vi ska inte gå nära och titta för noga, tror jag.
- Lena, min syster! Hon höll hårdare om Matildas hand.
- Det verkar inte finnas mycket att se, granskog med lite ojämn mark, mossa, barr och kvistar. Polisen har tagit bort allt som har värde för utredningen, allt med anknytning till Lena. Men förbannat slarvigt av dem att inte få med sig alla banden. Förklarade Arne med visst eftertryck.
- De kanske lät det sitta kvar ifall de ville hit igen. genmälde förnuftiga Matilda.

Eva började gå igen. De fortsatte på den stig som fört dem dit och efter ytterligare något hundratal meter var de framme vid bilen. Det är lite märkligt och ibland rent överraskande hur olika en glänta i skogen kan te sig beroende på från vilket håll man kommer fram.

Bilfärden hem var inte lika uppsluppen som resan ut till Grenaön. Det hade mulnat på också, kanske skulle det bli regn. Framme på Essingen följde de Eva in i villan. Hon tackade flera gånger för utflykten, för att ha fått återse Handsas Ro och för att de passerat platsen där Lena dog, särskilt det senare.

När de satt i bilen frågade Matilda.
- Hur många gånger måste man tala med alla personer, samma personer om igen, innan man fått ihop allt material till en avhandling?
- Jodu, det är väl det som kallas research!
- Jag sammanställer det jag har så länge, men vi måste också överväga en tysklandsresa.
- Inte mig emot, när har du möjlighet? Flyg, tåg eller bil?
- Veckan före midsommar lättar det på jobbet. Föredrar du egen bil eller hyrbil på plats?
- Jag kollar det. Vi hörs!

10

Från flygplatsen i Hamburg åkte de hyrbil till Lübeck för en träff med Gerda Altenburg. Rügenstraße var inte svårt att hitta. Resonemanget var att åka hem till henne direkt, utan tidigare kontakt som kunde varna henne. Överraskningseffekt alltså. Desto mer förvånande blev de när de kom fram till rätt nummer på gatan, där stod två poliser i grön uniform utanför ingången. De gick förbi ett par gånger och tittade efter en annan ingång, men hittade ingen.

När de kom fram till poliserna ställde sig dessa ivägen.
- Vad har ni för ärende?
- Also, vi söker Gerda Altenburg.
- Här finns ingen sådan.
- Vi har en uppgift från offentlig källa att hon bor här.
- Det stämmer inte. Var vänliga gå härifrån!
Tonfallet var inte särskilt vänligt. De lommade iväg mot bilen.
- Det där var mycket märkligt. Tyckte Arne.
- Minst sagt! Har hon haft politiskt skydd av militär eller underrättelsetjänst i alla år?
- Möjligt, men oväntat, om hon inte var verkligt insyltad i flera hemliga operationer.
- Är det ens någon idé att åka till Magdeburg?
- Nu har vi bil, biljetter och tid, så det tycker jag vi gör.

Märkligt nog finns det ingen "raka vägen" från Lübeck till Magdeburg. Troligen en effekt av att man under kalla kriget hade passerat järnridån i så fall. De valde att åka den vackra vägen längs Elbe istället för motorvägen till Berlin och sedan västerut till Magdeburg. Det tog nästan hela dagen och utsikten var inte alltid så vacker som de hoppats. Ofta var det skogsridåer som skymde utsikten. Men maten på ett lokalt "gasthause" var, om inte av gourmetkvalitet åtminstone av gormandvolym.

I ett hyreshus som såg ut att vara en del av tyskt miljonprogram vi Büchnerstraße och med utsikt över Alte Elbe hittade de Godehard Schrammel. Han var inte bevakad. Utsikten över floden var det enda som för en besökare var förlåtande med läget. För hyresgästen förhoppningsvis en låg hyra. Skrammel hade inget emot att tala med dem. De förklarade ärendet, att de funnit handlingar och muntliga bevis för att Östtyskland under kalla kriget sökt påverka svensk inrikespolitik och att han varit en del av den påverkan.
- Naturlich, ja!
- Ni erkänner det utan omsvep alltså? Det var Matilda, med sina bättre tyskakunskaper som förde talan.
- Ja, det finns inget annat att göra.
- Vad fick er att göra det?
- Å, allt är teater! Livet, politiken, kommunismen och kapitalismen, alles zusammen.

- Teater bara, så det spelar ingen roll vad man gör eller tror på?

Skrammel tog fram ett mynt, visade det i handflatan, knäppte med fingrarna och myntet försvann. Han visade den tomma handen, in- och utsida. Sedan knäppte han med fingrarna igen, och visade att myntet nu fanns i den andra handen. Så skrattade han hjärtligt åt deras långa ansikten.
- Jag var aldrig hjärnan, aldrig planen, aldrig målet. Jag vara bara distraktionen.
- Jag kan se att ni kan vara en charmerande människa när ni vill. Menar ni på allvar att ni aldrig övertalade, lurade, eller bedrog någon att förråda sitt eget land eller sina ideal för den teater ni spelade?
- Jag speglade deras frågor, deras tvivel. Beslutet att byta sida var helt deras egna.
- Som Lena Lagerbär?
- Hon var redan idealist när jag träffade henne. Men hennes syster, den vackra Eva med klarblå ögon och blont hår. Henne var det annorlunda med.
- Påstår du att det var du som värvade henne?
- Åh, tvärtom! Ingen kunde värva henne. Hon var vad man kan kalla en naiv realist. Hon trodde inte på något, blev inte imponerad av något. Hon visste vad man på den tiden förväntade sig av en sådan kvinna. Världens uppfattning av blonda svenskor. Hon vägrade leva upp till den bilden.

- Eva kallar sig själv den dumma blondinen och sin syster för geniet.
- Lena är mycket intelligent. Det är sant på ett traditionellt plan. Men Eva är intelligent på ett intuitivt plan som få förmår begripa.
- Nu sa ni Lena är, som om hon fortfarande är i livet. Ni vet alltså inte att hon är död?
- Nej, hur skulle jag kunna veta det?
- Hon blev mördad för en månad sedan och det är Gerda Altenburg som är misstänkt för mordet.
- Ja, det kan inte finnas så många att misstänka ur den kretsen som umgicks där. Gerda är förmodligen ett gott val. Hon har både kunskapen och karaktären.
- Men hon bevakas av tysk polis och vi nekas tillträde att besöka henne
- Ja, ni ser. Då har hon någon hemlighet Tyskland fortfarande skäms för. Sådant kan man inte låta bli känt.
- Vad vet ni om projekt Anschluss från 1967?
- Om något sådant vet jag ingenting. Vad var det som skulle anslutas?
- Sverige, eventuellt.
- Till Östtyskland? Det hade väl varit mer värt att ansluta Östtyskland till Sverige. Men det kanske redan då var för sent, till ingen nytta. Svensk byråkrati har vad jag förstår sedan dess utklassat all tysk byråkrati, öst- väst eller mittemellan med hästlängder.
- Om ni inte var militär, eller underrättelsetjänst eller diplomat, vad var ni då under kalla kriget?
- Jag var bara frilansare.

- Hur har ni försörjt er sedan muren föll då?
- Med samma konster, mina korttrick, mina samtal och föreläsningar som får folk att se det de vill se.
- Vad vill de se?
- De flesta vill se lögner och drömmar att leva för, då ser de det. Andra vill se sanningar. Helvetet måtte vara ödsligt, ty alla djävlarna är här.
- Har ni använt ett artistnamn då?
- Javisst, jag gick under artistnamnet pianostämmaren. Alltid i D DuR!

Nu tyckte de att Skrammel började spåra ur rejält. Kanske var han full eller påverkad av något. Efter ytterligare uppvisad fingerfärdighet med småmynt tackade Matilda och Arne för sig.

Kosan ställdes mot Hamburg för att ta flyget hem till Stockholm. Den snabba vägen gav inte ro för djupare eller längre utläggningar om vad de funnit i Tyskland och hur det hängde ihop med Anschluss.

Men plötsligt utropade Arne.
- 1792!
- 1972, menar du.
- 1792! vad hände då?
- Gustaf III mördas?
- Precis! Ett angrepp på vår monarki som först ledde till att vi bytte ätt på tronen och runt 1972 att vi som politiskt system i princip avskaffade monarkin. Men

dessutom även ett angrepp på demokratin, en förändrad inriktning så att den med tiden avskaffat sig själv!
- Teater!
- Jo, det kan man säga.
- Det var ju precis det Skrammel sa! Allt är teater. Gustaf III mördades på teatern, sossarna har gjort teater av mordet på Sveriges demokrati. Skrammel sa det, mellan raderna. Han är inte så tosig som han verkar.
- Teater, sa Arne tankfullt
- 1792, sa Matilda tankfullt.
Sedan var de tysta fram till Hamburg.

11

Matilda kan inte släppa Brandells fråga. *"Lämnade DDR någonsin Sverige ifred innan muren föll?"* Hon tittar på den långa listan med ofta våldsamma och internationella händelser som Arne totat ihop. Tänk om det inte alls var något sådant som fick Anschluss att avbrytas? Att den listan inte avspeglar något alls om vad som pågick bakom kulisserna. Det kanske var helt andra saker som spelade in? Tänker vi fel när vi associerar till Nazitysklands invasion av Österrike, det som de då kallade Anschluss. Detta kanske handlar om en anslutning av annat slag. En invasion av byråkrater, ett förändrat mindset i statsapparaten? Med ledning från Arnes långa lista tar hon fram en nästan helt annan lista.

Dokumentet Anschluss 1972 anger 10 september 1967 som start för en konkret avsikt att sammanföra Sverige och Östtyskland till ett land. Slutligt beslut ska fattas 1971, och anslutningen eller samgåendet ska ske 1 januari 1974.

1965, Socialdemokraten Gunnar Adler Karlsson publicerar boken Funktionssocialismen - ett alternativ till kommunism och kapitalism.

1965, Olof Palme håller ett mycket ideologiskt juldagstal i radio.

1968, Den långa marschen genom institutionerna anträds.

1969, Myndighetsåldern sänks från 21 till 20 år.

1969, Olof Palme väljs till partiledare i socialdemokraterna. Nu blir han hans åsikter viktiga för Anschluss.

1971, WEF, World Economic Forum grundas i Davos, Schweiz av tysken Klaus Schwab.

1971, Torekovskompromissen, där kungahuset avstår från i princip allt deltagande i det politiska livet.

1971, Flera grundlagsförändringar inleds. De träder i kraft 1974-75.

1972, juni, Stockholmskonferensen om miljö.

1972, LAS.

1974, Myndighetsåldern sänks ytterligare, nu till 18 år.

1986, 28 februari. Olof Palme, vars motto är: politik är att vilja, mördas.

1989, sommaren, Magdalena Andersson pluggar tyska i Östtyskland.

1989, 9 november, Berlinmuren öppnas.

1991, Angela Merkel f. 1954 i västra Tyskland men uppvuxen i Östtyskland blir minister i den nya regeringen för det enade Tyskland.

1995, Sverige går med i EU.

2005, Angela Merkel blir tysk förbundskansler i en "grosse koalition", kallad groko, med socialdemokraterna.

2006, Hilda och Ruben bildas.

2015, En stor så kallad flyktingström från mellanöstern anländer till Sverige.

2019, Covid 19 uppstår i Kina och sprider sig till resten av världen.

2020, De flesta länder reagerar med nedstängningar och kategorisk uppdelning av befolkningen.

2021, Covidpass eller vaccinpass blir det nya kravet på alla medborgare.

2022, Världen går in i en helt ny fas med global totalitär fascism,

Följande söndag träffas Arne och Matilda hemma hos henne. Hon lägger fram sin lista med annat fokus än den Arne hade tagit fram tidigare.

- Lång lista, som du sa om min. Men den här är bättre, mycket bättre. Istället för att fastna på händelser som skakade Sverige och världen när de inträffade har du tänkt på flera händelser som i de flesta fall väldigt få insåg vidden av när det begav sig.

- Tack!

- Men det behöver förklaras.

- Ja, så här tänkte jag. Matilda går igenom punkt för punkt hur hon menar att de listade händelserna avstyrde en anslutning mellan Östtyskland och Sverige, för att det helt enkelt inte behövdes.

Vad ledde fram till Anschluss 1972? Varför blev det inte av eller omvandlades det till något annat? I så fall vad?

Funktionssocialismen. Där beskrivs hur den socialistiska staten med juridiska finter kan stjäla ägandets funktioner. Det är ett sätt att tillskansa sig nyttan och värdet av egendom, fast eller juridisk, men låta ägaren stå kvar med skyldigheter och skulder. Socialdemo-

77

kraterna har gjort det massor av gånger. Det gäller exempelvis allemansrätten, strandskyddet, biotopskyddet, skogsvårdslagen, flera detaljer i regler kring jordbruk, miljöbalken, med mera.

Man kan även hävda att socialdemokratin via statens funktionssocialism hjälper facket att komma över företagens rätt att som det heter "leda och fördela arbetet". Tänk på exempelvis lagen om anställningsskydd, medbestämmandelagen, köns- och genusfrågor samt den avblåsta konfiskeringen via löntagarfonder.

Palmes juldagstal 1965 är ett tydligt bevis om etablerad ideologisk indoktrinering av medborgarna från socialdemokraterna via statsmedia. Flera andra kan nämnas, men detta faller väl inom tidsramen och är så tydligt politisk. I våra dagar är det exempelvis Musikhjälpen, Världens barn och Postkodlotteriet som sänds i statsmedia med uppdrag att uppfostra folket. Det vill säga indoktrinera.

Kårhusockupationen och studentrevolter i flera länder 1968 resulterar i Sverige efter Palmes framträdande i Stockholms kårhus i att studenterna, den största generation någonsin som tagit steget in på svensk arbetsmarknad, i princip anvisas och lovas en framgångsrik karriär inom systemet där de kan förvandla systemet inifrån. Den långa marschen genom institutionerna är ingen omskrivning, inget påhitt, det är en realitet som förvandlat Sverige, svensk arbetsmarknad, det politiska inflytandet, den politiska styrningen och svensk demokrati i grunden!

Vi såg det inte alls då, 1971. Inte förrän på 2000-talet har det börjat gå upp för ett fåtal människor hur WEF representerar industrisidan av den fascistiska sammansmältningen av stat och storindustri, det som representerar fascismens kärna. Majoriteten ser fortfarande inte konturerna. Medströmsmedia håller tyst. De senaste decennierna har man aktivt knutit fler politiker till sig. Schwab har uttalat som sin vision att *"Ni kommer inte att äga något, Ni kommer att vara lyckliga"*. De lite äldre organisationerna Bilderberggruppen och Romklubben verkar väldigt mycket i samma anda. Som alla minns, ansåg Mussolini att socialism och socialdemokrati bara är ofullbordad fascism, men att den ofrånkomligen leder dit.

Torekovskompromissen med kungahuset. Mot att kungahuset garanteras att få finnas kvar av ceremoniskäl och avlönas med apanage från skattebetalarna, ger det upp sin politiska roll. Detta visar konkret för östtyskarna att svenskarna oblodigt kan införa kommunismen i Sveriges monarki. Det är ändå märkligt att alla partier accepterat att kungafamiljen allt mer agerar i miljö- och klimatfrågor på ett sätt som klart skänker kunglig legitimitet åt miljöpartiet, det vill säga att kungahuset ägnar sig åt politisk aktivism.

Med start i Torekovskompromissen utreds flera änd-ringar i Grundlagen. Dessa röstas igenom 1973 och 1974 med ett mellanliggande riksdagsval så som Grundlagen kräver. Nu bestäms i Grundlagen att Sve-rige är ett mångkulturellt land, att alla (oklart vilka alla är) ska ha rätt till allemansrätten. Inga förklaring-ar eller motiveringar ges till att dessa två påståenden skrivs in, men Olof Palme utpekande av den mångkul-turella riktningen i sitt radiotal på juldagen 1965 kan tjäna som bakgrundsinformation. Tjänstemän och po-litiker pekade på finländare, samer och judar som re-dan fanns i landet. De flesta svenskar accepterade den förklaringen.

Tjänstemannaansvaret slopas, detta öppnar för aktivis-tiska tjänstemän. Dessa ändringar och de nya regler för kungahuset som redan nämnts tillhör de väsentli-gaste ändringarna. Detta visar slutgiltigt för östtyskar-na att här finns inte mer att göra för att styra över Sve-rige till ett land som fungerar precis som deras eget. Ändringarna trädde i kraft 1 januari 1975. Eftersom Torekovskompromissen avskaffade de sista möjlighe-terna för konungen att ta ministrar och tjänstemän i örat vid behov och Sverige stoltserar med att inte ha ministerstyre som i de flesta andra länder, så har poli-tiken lämnat byråkratin vind för våg, för lösa boliner. Byråkratin har reagerat som byråkrati alltid gör, den har uppfyllt varje tillgänglig vrå med byråkratdiktatur.

Stockholmskonferensen, Palmes vän och tennispartner Bert Bolin får agera värd åt en korrupt avdelning inom FN som vill införa totalitärt globalt styre via hänvisningar till ett klimathot som detta styre sägs kunna rädda mänskligheten ifrån. Med tiden visar sig dessa argument bli förödande för svenskt välstånd och därmed också skadligt för underlaget till välfärdspolitiken.

Lagen om anställningsskydd, LAS, gör offentliganställda i det närmast omöjliga att avskeda ens när de aktivt motarbetar sina uppdragsgivares (politkernas, ytterst svenska folket) instruktioner. Aktivisterna i 68-generationen blir socialdemokratins stay-behind trupp när vi har en borgerlig regering.

18 år blir myndighetsålder och rätt att rösta. Det ger dock initialt ett bakslag för S i valet 1976, då gröna vågen får många ungdomar att rösta på centerpartiet och Torbjörn Fälldin.

Palmemordet, hade Palme insett att hans motto "politik är att vilja" inte längre var sant? Att det inte längre var möjligt för politikerna att styra den svenska byråkratin de själva gett stor makt? Ville han dra tillbaka en del av de reformer som gjorts för att återge den demokratiska politiken dess möjligheter att ge väljarna besked till politiken hur de som fria medborgare vill att riket ska styras? I så fall hade han skapat sig mäktiga motståndare. Sådana som kan tänka sig att röja undan ett internt hinder för sin makt. Motståndare som skulle kunna begrava vilken mordutredning som helst.

Magdalena Anderssons tyskastudier är en bisak egentligen, men den visar på hur goda kontakterna var med DDR och att de rutiner Lena Lagerbär varit med att upprätta fungerade långt efter att hon upphört med direkt engagemang. Samt att unga socialdemokrater in i det sista fostrades i DDR-anda och uppmanades till dessa kontakter.

Transformationen av Sverige fullbordas 1989-95 och moren har gjort sin plikt. Moren kan därmed gå åt sidan och dö. Sverige skickas att begå samma överlämnande av makt från politikerna till byråkratin i EU.

Grundlagen ändras så att där stipuleras att Sverige ska tillhöra EU. Man gör det därmed otroligt svårt för svenska folket att välja sin egen väg i framtiden, som att ens föreslå att vi ska lämna EU. Man kortsluter demokratin, eller tar den helt enkelt ifrån medborgarna.

Som kansler lyckas Angela Merkel genomdriva två ödesdigra förändringar i Europa. Hon biträder aktivt Tysklands beslut att snabbavveckla både sin kärnkraft och kolkraft för klimatets skull. Den ersätts av otillförlitlig vindkraft. Detta gör både elmarknad och arbetsmarknad instabil. Hon tvingar EU att öppna sina gränser för de "flyktingar" som kommer från krig i mellanöstern. Men det sker flera år efter kriget och det omfattar många fler än de som kommer från krigsområden. De flesta är muslimer utan gemensam moraluppfattning med européerna om hur demokrati och frihet ska fungera tillsammans.

Hilda och Ruben är en sammansvärjning under advokatsamfundet, där meritokrati avskaffas för alla juridiska karriärvägar. Det blir istället politiska kontakter som avgör. När byråkratin är genomkorrumperad så till den grad att domstolarna inte längre är fristående och därför inte kan klandra byråkratin när den begår fel eller helt fräckt struntar i lagen, är DDR 2.0 genomförd utan blodspillan, utan att tillfråga folket. Man kan inte klaga, det är den nygamla totalitära verkligheten.

Flyktingkrisen 2015 och framåt visar tydligt att grundlagsändringen 40 år tidigare gjort att Sverige inte längre tillhör svenskarna, så som ändringen tolkas av den byråkrati som fullbordat den långa marschen. Migrationen av både flyktingar och illegala invandrare från mellanöstern och Afrika fortsätter i stor skala till och med 2019.

En global totalitär fascism blir särskilt tydlig när grundlagsfäst mötesfrihet avskaffas och det börjar resas krav på avskaffad tryck- och yttrandefrihet. De tillfälligt godkända vaccinerna, som inte slutfört normal testning, blir tillgängliga för allmän vaccination. För att få vaccin till de medborgare staterna så omsorgsfullt ansträngt sig för att skrämma upp till hysterins gräns tvingas de skriva rena slavkontrakt med vaccintillverkarna.

Nu har staten smält samman med big-pharma och big-tech i övervakning, kontroll och sortering av medborgarna. Protester slås i vissa länder ned blodigt och obarmhärtigt. När får vi se det i Sverige? avslutar Matilda den utökade förklaringen.

- Men det där på slutet är ju lite spekulation om framtiden, minst sagt.
- Jo, jag tänkte lite i tangentens riktning där. Det är svårt att bli förvånad över något när man har granskat den politiska utvecklingen under ett halvt sekel med den belysning vi lagt över händelserna.
- Absolut så! Den allt överskuggande händelsen verkar ha varit den stora grundlagsändringen som inleddes 1971 och fick full effekt 1975. Typiskt också att det var just då. Jag har observerat hur många gånger som helst att jag inte var i Sverige då och aldrig fick memot om dess ändrade förutsättningar 1971-72, för just då var jag på high school i USA och memot skic-

kades aldrig dit. När jag kom hem var det ingen som tyckte det var något att nämna. Det gäller allt från SVTs julkalender, T-Rex musikaliska framgång, stockholmskonferensen och grundlagsarbetet med mera. Allt är saker som mina jämnåriga på något sätt har lagrat i reservminnet och hänvisar till som vore det allmän kunskap, eller plockar fram när de ska överbevisa mig om att jag har fel. Men politikens grundläggande riktningsförändring tycks de flesta ha missat, även experter som bevisligen var på plats i Sverige.

- Jobbigt, men är det fel? Har jag missat något?

- Äh, det är väl lite jobbigt nån gång, lite pinsamt ibland även om det går att förklara. Men du har träffat mitt i prick. Troligen för att du inte alls var med då och därför har kunnat koncentrera dig på att förstå vad du läst om den tiden.

- Går det här att skriva en avhandling på?

- Det gör det absolut. Men vem ska vi få att godkänna den? Jag menar, som du indikerar är hela den svenska akademiska kåren genomsyrad av DDR-tänkande. Några fritänkare finns det ju alltid, men även dessa kommer att utsättas för enormt tryck att underkänna din avhandling så fort de får reda på att den är på gång. Som Nordangård utsattes för till exempel.

- Men han fick sin godkänd, eller hur?

- Ja, men jag tror enkelriktningen har blivit ännu värre nu, på bara några år. säger Arne

85

- Om man tittar i listan ser man att det tar ungefär tio år att ta varje enskilt steg på färden mot en totalitär stat. Ett steg ska övervägas, utredas, förankras, föreslås, beslutas och utvärderas innan nästa steg, samt inte minst sätta sig hos folket så att det känns som om det alltid varit så. Grodan mår gott i den allt varmare kastrullen, som värms med grodans egna inbetalda skatter.

- När du nämner det, kommer jag ihåg att folkpartiledaren Gunnar Helén i ett riksdagsanförande 1966 talade sig varm för Sverige som ett mångkulturellt land. Förebilden där var USA, trots att Sverige aldrig kan bli USA. Med stor naivitet har svenska liberaler traskat patrull åt socialdemokraterna och ibland rent av som förtrupp. Det var ju en liberal regering som 1932 införde den jordbruksreglering vars förebild man hämtade från Mussolinis fascism och som sedan blivit kvar i allt väsentligt.

- Hoppsan, det är det inte många som vet. Man kan alltså se att denna utveckling har pågått i femtio år och mycket mer utan nämnvärda avbrott eller störningar. Påfallande ofta går de strömningar som ger avtryck tillbaks på odemokratiska idéer. Dessa långa linjer har jag inte sett in min utbildning, säger Matilda.

- Om Ernst Brandell insett denna utveckling och önskat påverka den i annan riktning kanske vi kan få honom att via sina kontakter hålla tillbaks påtryckningarna att underkänna? Han tycks ha varit en statstjänare av en äldre modell som inte drogs med i den långa marschen. Innan jag har gjort allt färdigt skulle jag också behöva tala mer med honom om flera saker runt ikring detta.

- Vi kan alltid fråga. Under tiden är det bäst att ligga lågt med publicitet kring detta. Bäst är att ha allt färdigt i princip ända fram till disputation, så att de som vill stoppa det får så lite tid som möjligt att göra det.

12

När de för tredje gången ringde på hos Ernst Brandell var det med känslan att veta allt och önskan att få det bekräftat. Han öppnade med en butter kommentar.

- Är ni här nu igen!
- Och nu har vi varit i Tyskland och fått svar.
- Men är det några nyheter då?

De redovisade hur Gerda Altenburg bevakas eller skyddas av tysk polis och att Godehard Schrammel förefaller obekymrad över alla anklagelser om spioneri och propaganda.

- Det där med att hindra tillgång till Altenburg är naturligtvis en anständighetsfråga för alla stater. Ingen stat vill stå med rumpan bar i spioneriärenden, för det finns alltid följdfrågor och motfrågor av typen, vad har ni själva gjort? Hur står det till med er egen moral?
- Vi har starka misstankar att Gerda var den som mördade Lena Lagerbär. Vill inte Sverige ha fast en mördare?
- Nej, inte när det gäller spioner eller förrädare. Det står för mycket på spel vad gäller bilden av den demokratiska rättsstaten, både hemma och utomlands. Man vill inte ha det redovisat i en öppen domstolsprocess. Men jag kan hålla med er. Det vapen som Lena Lagerbär mördades med är mycket sannolikt en Walther PP, mycket vanligt hos tysk polis och militär sedan

länge. Hon har med säkerhet kunnat skaffa en sådan om hon inte redan hade en. Inget säkert kan naturligtvis sägas innan man får möjlighet att jämföra de aktuella kulorna med ett specifikt vapen.

- Så pass alltså. Men hur kunde de veta att vi var på gång för att ställa frågor till Altenburg?

- Inget märkligt i det. Det är sannolikt att hon varskodde sin kontakt när hon fick höra av Alice Croneman att du ställde frågor om Konrad Öffenbach.

- Beställde de ett mord menar du?

- Troligen inte, mer troligt att det var ett eget initiativ. En pensionerad tyskalärare som börjar yra om anslutning till Östtyskland för femtio år sedan kan man hantera propagandamässigt. Med mordet blev det större risk för renomméskador. Betrakta poliserna utanför hennes dörr inte bara som ett skydd, det är en bestraffning också, en husarrest.

- Inget mer att hämta där alltså. Men Skrammel då?

- Som han uppför sig och med det sätt han försörjt sig i många år kan man likna det vid att i en rättegång åberopa sinnessjukdom. Det vill säga att ansvaret kan inte flyttas över på staten, så då vidtar staten inga åtgärder alls mot honom. Han verkar redan leva på en statlig pension på miniminivå. Avskuren från tidigare bekantskaper och stimulans brukar sådant resultera i missbruk och för tidig död. Han har klarat sig ovanligt länge.

Nu la Matilda fram sin lista på händelser som kan ha både drivit på försöken att ansluta Sverige och fått projektet att avbrytas. Hon gav också en avkortad redogörelse för hur hon tänkt att dessa händelser påverkat.

- Intressant! Vi jagade i så fall denna grupp helt i onödan. Med det som skulle komma från 1968 och några år framåt, sådant man inte kunde känna till 1967, så var projektet dödfött redan från start.

- Anser du att min beskrivning av byråkratin, den långa marschen och maktförskjutningen i Sverige stämmer?

- Den har sina poänger, absolut. Jag skulle inte kategoriskt uttrycka mig så. Men jag skulle välkomna en debatt där en av debattörerna intar den ståndpunkten. Tyvärr kommer ingen sådan debatt tillåtas. Men även en gammal kommissarie kan väl få drömma?

- När man sett detta kan man väl inte låta bli att drömma om en bättre ordning!

13

Avhandlingen och boken slog ned som en bomb. Det vill säga att det var knäpptyst i mainstream media. Desto livligare blev det på sociala och alternativa medier.

Medströmsmedia vägrar ta i Matildas avhandling, men olika alternativa media skriver mycket. Hon blir en frekvent gäst i dessa tv-kanaler och poddar. Ibland bjuds även Arne med.

Boken, som i stort sett är avhandlingen rakt av, säljer ganska bra, till redan upplysta medborgare.

Producenten, Anne-Maj hälsade när Matilda kom till TV-bolaget. Hon sammanförde henne med programledaren, Nils Ärlig. Medan de gick mot studion granskade hon Matildas yttre.

- Inga helvita kläder, inga diamantörhängen, det blir bra.

- Ska jag framstå som fattig, menar du?

- Nej, inte alls. Det är bara vi på TV som inte gillar bländande vitt och skarpa reflexer. Sådant är svårt att ljussätta.

Tv-studion var oväntat liten, inte alls som de stora lokaler där de håller frågesporter och annan underhållning. Nej, här var det två kontorsstolar på ett lågt podium, matt svartmålat golv, ett svart draperi på väggen bakom en mängd lampor och två mikrofoner hängande från taket. Den mesta golvytan upptogs av tre TV-kameror på flyttbara stativ.

Nils var klädd i jeans, blå skjorta, V-ringad tröja och uppknäppt kavaj. Inget bländande. Han hälsade Matilda välkommen och frågade om hon varit i en TV-studio tidigare. Hon svarade nekande. Han förklarade att de kommer att banda med alla tre kamerorna samtidigt för att sedan klippa ihop det så att de varierar vinklarna. En kamera kommer i princip att vara riktad på honom och en annan på henne medan den tredje flyttar sig och söker kreativa vinklar. Alla har en röd lampa, när den lyser är det den kameran man tar in som preliminär utgående bild. Men allt bandas så att man kan redigera. Du tittar i huvudsak på mig, så ger det bästa känslan av att vi för ett samtal som är intressant för oss båda och därför även för tittaren.

- Är det klart?
- Ja, det måste det väl vara, ni är ju proffs.
- Då provar vi. Är ni klara i kontrollrummet?
Nils nickade när han fick besked i en öronsnäcka. En studioman gick fram framför en av kamerorna och visade upp tre fingrar.
- Tystnad, tre...
Den röda lampan tändes på kameran som var riktad mot Nils Ärlig. Samtidigt vek studiomannen undan fingrarna i tur och ordning och gled undan så att han inte var i bild. När han kommit till noll började Nils tala.

- Välkomna till kvällens program! Ikväll ska vi träffa kvinnan som lanserat en helt ny teori om och varför Olof Palme mördades och vem som låg bakom det. Hon har faktiskt har skrivit en doktorsavhandling om saken. Välkommen Matilda Göransson!

- Det centrala är inte Palmemordet i sig, inte alls, det är bara en spinn-off. Det centrala är ju hur och av vilka Sverige förstördes, demokratiskt sett.

- Vad spännande det låter, men hur började det hela, hur fick du idén.

- Det började med att min handledare, Arne Jansson, praktiskt taget snubblade över saken samma dag som han gick i pension. Han invigde mig i materialet. Det visade sig räcka till en avhandling. Men han har ju inte så mycket karriär kvar så han har ingen nytta av en doktorshatt på det viset. Det var ju mycket omtänksamt av honom att föreslå att jag skulle bli den som så att säga tog åt mig äran av detta arbete, men vi har jobbat mycket tillsammans med det.

- Ni har alltså funnit att Sverige redan på 70-talet blev en del av DDR, alltså det kommunistiska Östtyskland?

- Ja det kan man säga. Genom förändringar i grundlagen och därmed sammanhängande förskjutning av makten i Sverige till byråkratin, blev politiken och demokratin tandlös när det gäller att styra och vid behov även begränsa byråkratin. Byråkratin fick till slut, via den fria prövningsrätten, även för sig att det är den som stiftar våra lagar.

- Det låter mycket oroväckande. Hur kunde det bli så här?

- Ja, enkelt förklarat kan man se det som exempel på ett stort antal så kallade lagar uppkallade efter de personer som redan från 1800-talet och framåt upptäckt och på olika sätt beskrivit hur byråkratier sväller ohämmat om de inte hålls tillbaks av någon som är starkare än byråkratin. Vi kan nämna Campbells lag, Dilberts lag, Parkinsons lag, Peters princip och Ringo Starrs law on government.

- Det låter absolut förfärligt! Har politikerna bestämt detta?

- Oh ja! Via det som kallas de små stegens tyranni, de goda intentionernas väg som dock leder till helvetet. Vilket gäller dem som inte förstått vad de beslutat. Om vi talar om de politiker som förstått vad deras beslut skulle få för följder för folket kan man istället referera till uttrycket att koka en groda.

- Finns det kvar något av detta i vår tid?

- Allt finns kvar och det har bara blivit värre och mer omfattande. De politiska partierna försvagar demokratin genom att inte skapa majoritetsregeringar med ansvar för hela folket. Istället träter de om helt fel saker, i akt och mening att de andra inte ska få äran av att ha tagit vettiga beslut. Därmed överlämnar de makten till den byråkrati som de egentligen ska styra. Samtidigt som de lämnar medborgarna i sticket.

- Hur ska man komma till rätta med detta? Förutsatt att man vill.
- Först måste man som sagt vilja. Sedan måste man identifiera vilka lagar som måste ändras och hur. Det blir inte enkelt men är helt nödvändigt. Sedan måste man våga och ha kraft och uthållighet att entlediga stora delar av byråkratin, eftersom denna inte längre har lagar att hänga upp sin verksamhet på.
- Du menar sparka, avskeda folk?
- Precis! Det är helt nödvändigt.
- Blir det inte många arbetslösa då?
- Jo det blir det, men det är ett problem som den förda politiken under 60 år skapat och ackumulerat. Det fanns en gång en svensk industriledare som sa att Sveriges problem är att det finns för många hövdingar och alldeles för få indianer. Det var alldeles för få som producerade något av värde.
- Kan det ha varit Hans Werthén?
- Jag har för mig det. Hade man följt det rådet redan då, på 80-talet, hade det varit mycket enklare att vända allting rätt.
- Om man gör det där, blir allting bra då?
- Nej, då återstår att också ge högre utbildning rätt kostym. Det examineras alldeles för många akademiker som ingen behöver. Återigen för många hövdingar, som dessutom kostar alldeles för mycket att anställa och lära något användbart på jobbet. Men detta har varit socialdemokratins mantra, gör en klassresa via

akademisk utbildning och bli en förnäm människa. Resultatet har blivit en svällande byråkrati, en mycket större andel av befolkningen som avlönas via skatter i offentlig sektor än i privat sektor där de tvingats producera något som kan säljas till någon som är villig att betala. Skatter är som du vet något man tvingas avstå till ändamål man inte själv bestämmer över.

- Kan man säga att de som jobbar kvar i privat sektor, i exempelvis industrin och betalar skatt, betalar för de där överflödiga akademikerna som gör en klassresa för att det ska vara fint och livet enkelt?
- Ja, det kan man visst säga. Åter ett exempel på det mycket gamla uttrycket att samhället är uppdelat i två kategorier, den närande och den tärande. Där den tärande har fått växa sig alldeles för stor på ett sätt som den närande inte längre förmår försörja.
- Det låter som om du vill se en revolution!
- Ja nära på. I vart fall en kraftig och beslutsamt genomförd omställning av samhället. Men den behöver inte ske över natt som en revolution. Den kanske måste få ta tio år på sig. Man måste sätta mål och jobba beslutsamt.
- För det goda, trots allt, förstår jag. När jag läser din avhandling slås jag av att man inte med säkerhet kan förutsätta att den som är neutral i en konflikt är god. Stämmer det?
- Ja, det stämmer definitivt. I synnerhet när konflikten står mellan ont och gott. Att inte välja sida då är att

ställa sig på den onda sidan. Både Sverige och exempelvis Schweiz har en del att göra upp med i sin egen historia, även i närtid alltså.

- Där tackar vi dig, Matilda Göransson, det var trevligt att ha dig med i programmet och våra tittare blev säkert mycket klokare av de visdomsorden.

Ljuset tonades ner.
Studiomannen kom fram och tackade dem. Inspelningen var över.
- Kändes det bra? Frågade Nils.
- Javars, lite ovant, men det vara bra att jag fick lägga ut texten utan allt för många avbrott.
- Det är liksom vårt signum i den här privata och fria kanalen. I stats-TV är de mycket mer hårt styrda av att få fram sitt eget budskap.

När de gick ut genom kontrollrummet pratade de olika personerna vid sina kontrollbord om saker som Matilda inte förstod. Men producenten reste sig och tackade Matilda.
- Det blir bra det där ska du se!

Ute på gatan blev det nästan en chock att där fortfarande var fullt dagsljus. Sådana variationer av tidens gång är inget man känner av i en TV-studio.

Som ett resultat av Matilda och Arnes granskning av svensk politik kom två nya partier in i riksdagen vid det påföljande valet, samtidigt som två ramlade ur. Valet därpå kom ytterligare ett nytt parti in och två av de gamla så kallat borgerliga hade fusionerat för att få vara kvar. Regeringen bestod av både nya och gamla borgerliga partier, men nu med tydlig konservativ prägel och en ny ansats om Sveriges bästa för ögonen. Statlig media hade bantats rejält och redan börjat fungera bättre som samhällsinformatör än som propagandakanal. Presstödet i övrigt var mer än halverat och partistödet borttaget helt. I debatten förekom seriösa förslag om att lämna EU.

Men det är en helt annan historia!